PERCHTENJAGD

Maja & Wolfgang Brandstetter

PERCHTENJAGD

Ein Meiberger-Krimi

Servus

FSC
www.fsc.org
MIX
Papier aus verantwortungsvollen Quellen
FSC® C083411

Basierend auf der erfolgreichen Krimiserie »Meiberger« von
ServusTV

1. Auflage 2019

Medieninhaber, Verleger und Herausgeber:
Red Bull Media House GmbH
Oberst-Lepperdinger-Straße 11–15
5071 Wals bei Salzburg, Österreich

Satz: MEDIA DESIGN: RIZNER.AT
Gesetzt aus der Palatino, Courier, Bauer Bodoni
Umschlaggestaltung: www.b3k-design.de, Andrea Schneider, diceindustries
Umschlagmotiv: © picturedesk.com, © FooTToo / shutterstock
Gedruckt auf PERGRAPHICA® Ivory Rough 90 g / m². Mit Liebe in Österreich produziert bei Mondi.
Printed in Germany
ISBN: 978-3-7104-0233-3

Kapitel I

ADVENT

1

Weißt Du, was Du Dir wünschst? Ich schon. Dem Christkind hab ich's schon geschrieben. Sagen wollt ich's ihm auch. Damit ich mich traue, hab ich den Bärli mitgenommen. Den mit der Mütze, die die Mama genäht hat. Ich hab ihm gesagt, dass wir zu den Sternen gehen. Am See. Da, wo der Rauch getanzt hat. Da hat's nach gerösteten Mandeln geduftet. Die Mama hat mir welche gekauft. Kurz war ich traurig, weil ich die große Tüte wollte. Aber die kleine war dann auch groß. Geraschelt hat's ordentlich. Wenn du wüsstest, wie schön das war. Und wie die Schuhe geknirscht haben im Schnee. Die Lichter aus den Holzhäuschen, die waren ganz orange, das weiß ich noch. Und warm. Da ist mir auch ganz warm geworden. Ich hab den Bärli in die Tasche gesteckt und mit ihm getanzt, weil da so schöne Musik war. Von der Flöte. Da hab ich gewusst, so klingt das Christkind. Aber statt dem Christkind sind die Monster gekommen.

Da haben alle geschrien.

Die Mama, die hat meine Hand gedrückt. Da hab ich gespürt, wie's kalt wird. In meinem Hals und im Bauch. Weil ich die Augen gesehen hab. Von den Monstern. Die haben mich direkt angeschaut. Da hab ich gewusst, jetzt muss ich sterben.

2

Maries Mutter wusste nicht, wie es passiert war. Ihre Tochter hatte sich seit Wochen darauf gefreut. Auf die Mandeln, die Lichterketten. Sie war noch nie auf dem Adventmarkt in St. Wolfgang gewesen. Und es war das Größte für sie. Vor Aufregung hatte sie ihre Hand gedrückt. Dann waren die Perchtenläufer gekommen. Und Marie war nicht mehr da. Sie hätte ihre Tochter nie losgelassen. Nie. Ob der Entführer einer der Perchten war, konnte sie nicht sagen. Nur dass Marie nicht weggelaufen wäre. Das war alles, woran sie denken konnte. Und an die Kälte in der alten Salzburger Polizeiinspektion. Nicht nur ihre Gedanken waren gelähmt, auch ihr Körper. Von dem Eisblock, der sich jetzt in ihrem Hals formte. Nie hätte sie Marie losgelassen. Oder doch? Sie hatte ihr Kind verloren. Sie war schuld. Sie hatte Marie verloren.

Der Psychologe schaute sie jetzt an. Mehr noch. Er schaute direkt in sie hinein. Wortlos. Die einzige Stimme war die aus dem Nebenzimmer. Von dem Polizisten, dem, der so hieß, wie Nestroy. »Wenn ma das Kind nicht hamm', bevor's finster wird, dann sinkt die Chance, dass ma's lebend finden, unter zehn Prozent.« Ihr Verstand hatte an dieser Stelle einen Knoten bekommen. Sie wünschte sich, ihn zu verlieren. Die Wand, hinter der sie die Stimme hörte, war alt. Eine blöde Gipswand, die grinste, mit ihren Rissen, die sie auslachte. Ein verfallenes Lachen in abblätterndem Kalk. Maries Mutter wollte ihre Stirn dagegenschlagen. So fest sie konnte. So oft sie konnte. Bis keine Gedanken mehr da waren.

Der Blick des Psychologen hinderte sie daran. In seinen Augen war kein Trost, nur eine Erinnerung. Daran, dass Marie sie brauchte. Auf die Polizei konnte sie sich nicht verlassen, und der Psychologe, so viel hatte sie verstanden, tat das auch nicht. Sein Griff war fest, als er ihr aufhalf. Sein Blick zu den diensthabenden Beamten glich einem Kommando. In diesem Moment wusste sie, dass er mehr als ein psychologischer Betreuer war. Die beiden Polizisten, die jetzt aus dem Nebenzimmer kamen, taten, was er sagte, und das machte ihn zu ihrer letzten Hoffnung.

Der Name des Psychologen war Meiberger, und er las diesen Gedanken in ihren Augen, konnte aber nicht darauf eingehen. Zu sehr war er mit einer Hypothese beschäftigt, die seit dem Verschwinden der kleinen Marie in seinem Kopf Form annahm, die er aber noch nicht ganz greifen konnte. Eine Hypothese, die das Einzige war, was das kleine Mädchen in seinen Augen noch retten konnte.

Meiberger hielt sich dabei an einem Gesetz aus der Psychologie fest. Einem sogenannten Gestaltgesetz. Dieses besagt, dass unser Gehirn komplex erlebte Sachverhalte immer zu möglichst simplen Strukturen zusammenfügt. Um ein Ganzes zu schaffen. Gerade das passierte Meiberger jetzt selbst, in diesem Moment. Vor dem Salzburger Rathaus, in dem die Polizeiinspektion untergebracht war, peitschte ihm beim Rauskommen eine herbe Kälte in den Nacken, im selben Moment, als der Blick von Maries Mutter ihn durchbohrte. Zwei Ereignisse, die in seiner Wahrnehmung zusammenpassten, aber selbstverständlich losgelöst voneinander auftraten. So wie die beiden anderen Sachverhalte, die in seinen Gedanken Tango tanzten. Das Auftauchen der Perchtenläufer passte vom Zeitpunkt her perfekt zum Verschwinden des Kindes. Trotzdem gab es keinen einzigen tatsächlichen Beweis für einen Zusammenhang. Es könnte in Wahrheit auch nur so sein wie mit der Kälte im Nacken und dem Blick der Mutter. Perfekt passend, aber ohne tatsächlichen kausalen Zusammenhang.

Die Gestalten, die Maries Mutter mit dem Verschwinden ihrer Tochter zusammenbrachte, die Perchten, waren nur eine Gruppe Jugendlicher gewesen, die man allesamt befragt hatte. Niemand stand in Verbindung zu der Mutter oder dem Mädchen, und für alle Beteiligten war es nichts Ungewöhnliches. Eine Horde Verkleideter, die als Attraktion auf dem Adventmarkt einen Perchtenlauf aufführten. Maries Mutter, die aus Berlin hierhergezogen war, hatte allerdings keine Ahnung von den hiesigen Bräuchen. Für sie war es ein grausiges Schauspiel.

Meiberger versuchte, den hilflosen Blick der Mutter zu erwidern, was nicht leicht war. Ihr Griff um seinen Arm war stärker als seiner um ihren, obwohl er schätzungsweise gut fünfzig Prozent ihres Gewichts auffing. Die Salzburger Altstadt fing ihrerseits die beiden auf, umhüllte sie, während Meiberger das Salz sehen konnte, das ihm von der vereisten Straßendecke entgegenfunkelte. Ein Blick nach oben, und der Rathausturm schoss aus dem Himmel, wie versteinert in seinem verschneiten Rokoko. Meiberger fixierte im Gehen die Turmuhr, goldene Zeiger vor römischen Ziffern. Sieben Uhr dreißig.

Die kleine Marie war jetzt seit vier Stunden verschwunden, und die Stadt mit ihren verschneiten Mauern und Barockfassaden sah Meiberger an, als ob das alles seine Schuld wäre. Und als ob sein Verstand nicht schon genug mit Widersprüchen zu kämpfen hätte, tauchten jetzt auch noch Engel am Himmel auf.

Strahlend gelbe Engel, Umrisse von Flügeln und Sternen, die Weihnachtsbeleuchtung der Altstadt, die sich in stromfressendem Neon in seine Retina bohrten. Meiberger wusste, dass die junge Mutter in der Griesgasse geparkt hatte. Er hatte den diensthabenden Wachtmeister umgehend wissen lassen, dass es unverantwortlich war, die Frau von St. Wolfgang allein hierher fahren zu lassen. Aber keine Chance, sie hatte darauf bestanden, so wie sie es auch jetzt tat. Maries Mutter konnte nicht zulassen, dass ihr diese letzte Normalität genommen wurde, denn dann … dann müsste sie sich den Umkehrschluss eingestehen. Dass ihr Leben nie mehr so sein würde wie vorher. Weil Marie wirklich weg war, nicht nur kurz woanders und … Die Mutter stoppte ihre Gedanken.

Sie klammerte sich fester an Meiberger, und er konnte fühlen, dass sie zitterte, als sie nach vorne zum Makartsteg nickte, der wie ein funkelnder Bogen über der tiefschwarzen Salzach schwebte. Erst im zweiten Moment erkannte Meiberger den Kleinwagen der Frau, der gegenüber zugeschneit im Parkverbot stand. Davor ein Straßenmusiker, der voller Freude auf sein Keyboard klimperte, über ihm strahlten die leuchtenden Eiszapfen um die Wette. Meiberger hielt die Frau stützend am Arm, als er mit ihr die Straße überquerte, und dabei fegte ein Windstoß so eisig gegen sein Gesicht, dass sich seine Wangen zusammenzogen. Dazu diese Musik, das Licht, die Häuserreihe.

Meibergers Stadt ließ ihn nicht in Ruhe denken, sie drängte sich ihm auf, mit ihrer Weihnachtsstimmung, ihren harmonischen Schornsteinen und leuchtenden Gassen. Als ob sie ihm vorhalten wollte, dass man doch bitteschön froh zu sein hatte, so kurz vor Weihnachten. Es war jetzt eigentlich an der Zeit, seine Familie in den Arm zu nehmen. Aber Meiberger hatte keine Familie mehr, und wenn er versagte, würde die Frau neben ihm bald dieses Schicksal teilen müssen. Das alles waren zum Glück nur Gedanken, in Worte fasste er das Gegenteil. Mit ruhigem Tonfall versuchte er, eine Frau zu beruhigen, die nie wieder ruhig sein würde, nicht bevor die kleine Marie wieder da war. Seine Worte waren Floskeln, das wussten beide, aber sie mussten nur für hundertfünfzig Meter reichen, vielleicht auch nur hundertzwanzig, die paar Schritte bis zu ihrem Auto, einem Auto, das sie in ihrem Zustand gar nicht lenken sollte.

Als ob der Wind es Meiberger noch schwerer machen wollte, drückte er ihn mit aller Kraft von seinem Ziel weg, und die kleinen Schneeflocken, die G'fraster, fanden das lustig, sie setzten sich in seinen Wangen fest wie vereiste Nadelspitzen. Als sie das Auto endlich erreicht hatten, klebten die weihnachtlichen Klavierklänge des Straßenmusikers zäh in Meibergers Gehörgang, und er ertappte sich für eine Sekunde bei der Vorstellung, wie die Schneeflocken im Takt von »Stille Nacht« auf seine Haare glitten. Und da bekam er es zu fassen: Kausalattribution war das Stichwort, die fachliche Bezeichnung für den permanenten Selbstbetrug des eigenen Gehirns. Es war der Rückschluss zur Hypothese der Gestaltgesetze und mit ihm der entscheidende Hinweis. Festlich verpackt, mit einer goldenen Schleife. Der Täter war nicht mit den Perchten gekommen. Unabhängig von der Aussage der Mutter und der Interpretation der Kripotrotteln.

Das wollten ihre Gehirne ihnen nur weismachen, so wie Meibergers Hirn ihm gerade erzählen wollte, dass das Keyboard des Straßenmusikers ein Klavier war. Der Täter war davor schon da gewesen. Nahm man das als gegeben an, so musste er es geplant und das Eintreffen der Perchten abgewartet haben. Das war ein echter Hinweis, denn es schloss eine spontane Tat aus. Damit offenbarte sich ein nicht zu unterschätzender Vorteil, denn genau da konnte Meiberger ansetzen und Rückschlüsse ziehen. Jetzt gab es wieder eine Chance, wenn die Theorie hielt, könnte er das Mädchen vielleicht noch rechtzeitig finden.

Die Ironie dieses Sachverhalts bestand darin, dass der Täter in genau dem Moment, in dem Meiberger diesen Gedanken fasste, ebenfalls da war. Unbemerkt, nur fünf Meter von ihm und der Frau entfernt. Von der anderen Straßenseite aus beobachtete er, wie der Psychologe ihr jetzt in das Auto half. Wie sie sich dabei an ihn klammerte. Wie das letzte Blatt an einem sterbenden Baum. Wie Maria sich damals an ihren Josef geklammert haben musste. In Sorge um das heilige Kind. Gott, war das schön. Und da spürte der Täter sie, die Wärme, für die er das Spiel überhaupt erst begonnen hatte.

Dieses Gefühl, das ihm nur die Nähe zum Geist der Weihnacht geben konnte. Er war vermutlich der Einzige, der das begriffen hatte. Der Einzige, dem klar war, dass das großartige Licht der Weihnacht nur über Schatten entstehen konnte. Und dass es dieser Schatten war, der die schönste Zeit im Jahr überhaupt erst möglich machte. Wer die biblische Weihnachtsgeschichte wirklich gelesen und nicht nur überflogen hatte, der wusste ohnehin, dass der Teufel der wahre Held dieser Geschichte war. Nur seine Dunkelheit konnte das Licht entfesseln. Wieder wurde ihm warm ums Herz, und er freute sich. Denn er wusste in diesem Moment mehr als in jedem anderen, dass er dieser Teufel war und somit der Schöpfer des Guten. Wie heißt es? Sein größter Trick war es, die Menschen glauben zu lassen, dass er nicht existierte.

Auch der Psychologe hatte keine Ahnung, dass er da war. Ganz nah. Dieser Meiberger ging auf Perchtenjagd, dabei war der Percht die ganze Zeit direkt vor seiner Nase. Die Fratze in der Menge, das unentdeckte Böse, das Dinge vorhatte, die den Psychologen zum Schreien bringen würden, wenn er die Chance hätte, sie zu erahnen. Der ihm so heilige Verstand würde in sich zusammenfallen. Und das wird er, wenn er erst sieht, wie das Spiel zu Ende geht, wenn es seinen Höhepunkt erreicht, in der Weihnachtsnacht. Diese Vorstellung schenkte dem Teufel die aufregende Ruhe, die man Vorfreude nennt. Es war wie damals. Wie das Warten auf das Christkind. Und während er wartete, würde er die Nächsten zu sich holen. So wie er es im Jahr zuvor auch schon getan hatte. Ohne dass irgendein anderer Mensch als er selbst es würde kommen sehen. Wie hatte schon seine Omama immer gesagt?

»Den Teufel erwischst du nicht. Der erwischt dich.«

3

»Aktennotiz Oberstleutnant Nepomuk Wallner. Fall 160185, Verschwinden der kleinen Marie Tettmann am Spätnachmittag des 19. Dezember, 5 Jahre alt, wohnhaft in St. Wolfgang.« Nepo schaltete das Aufnahmegerät aus und spießte die Käsekrainer-Wurst auf. Er stand an einem der wohl letzten Würstelstandeln Salzburgs und sprach als wohl einziger Mensch auf dem Planeten noch in ein Diktiergerät mit mechanischem Tonbandrekorder. Die Wurst antwortete mit einem köstlichen »Plopp«, was unmissverständlich klarmachte, dass ordentlich Käse drinnen war. Richtig würziger, vermutlich Pinzgauer Emmentaler. Das war wahrlich ein Referenzexemplar einer gelungenen Käsekrainer. Allein das Grillmuster war ein Garant dafür, dass sie nicht nur gekocht, sondern zum Abschluss noch fein gebraten worden war, was für das Traditionsbewusstsein dieses Vier-Quadratmeter-Gastronomie-Unternehmens sprach. Nepo hatte über die Jahre hinweg die ideale Genießertaktik entwickelt. Ein Stück aß er pur, das nächste wurde anspruchsvoll von Ketchup umhüllt. Nicht zu schnell, nicht zu langsam. Wie eine Ballerina im Vollrausch tanzte das Krainerradl im pikanten Rot, mal auf, mal ab, aber immer grazil und – schwupps. Ein Gedicht. Zeit für die deftige Draufgabe. Das nächste Radl wurde in Senf getaucht wie ein Pinsel in Farbe, und die klinische Ausführung des Rituals wies Nepo als Gourmand der ersten Stunde aus.

Für Meiberger war er einfach nur ein fester Trottel. Zwei kostbare Minuten dauerte das kulinarische Intermezzo zwischen Nepo und der Käsekrainer jetzt schon, und Meiberger fragte sich, ob diesem zwanghaft nur ans Essen denkenden Kretin bewusst war, unter welchem Zeitdruck sie standen.

Bei einer Entführung, gerade eines kleinen Kindes, zählte jede Stunde, jede Minute. Ganz zu schweigen davon, dass es kein unpassenderes Ambiente für die Besprechung eines Kriminalfalls gab, als solch einen Würstelstand – eine Lokalität, die einer der dunkelsten Stunden der Sechzigerjahre entsprungen war und die mit ihrer Weihnachtsgirlande über dem Häuschen jahreszeitliche Stimmung verbreiten wollte, die ihren Ruf als gastronomische Latrine aber auch mit einer Lichterkette nicht gefährden konnte.

Die Lampen hingen schlapp von der Decke des Häuschens wie erwürgte Gummibärchen, und Meiberger musste Nepos Kartontässchen mit der Käsekrainer von ihm wegschieben, um zumindest einen Teil seiner Aufmerksamkeit erringen zu können. »Wir müssen die Umfeldbefragung abgleichen. Ich kann versuchen, unter Berücksichtigung der psychologischen Attribute eine Richtung zu eruieren, aus der der Entführer gekommen sein könnte, wenn er tatsächlich schon von Anfang an da war.« Nepo kaute unbeeindruckt weiter. Meiberger versuchte, seinem Vorstoß mit einem festeren Tonfall Gravitas zu verleihen. »Wenn wir die Richtung kennen, aus der er kam, können wir weiters auf die Richtung schließen, in die er verschwunden ist. Es war ein Haufen Leute anwesend, da ist die Chance, dass er gesehen wurde, groß.«

Nepo schüttelte den Kopf. »Die Chance, dass irgendwas gesehen worden is, is vielleicht groß. Aber nichts Konkretes, nichts, das hält.« Meiberger überlegte sich gerade ein Gegenargument, das Nepo mit einer Draufgabe aber sogleich abschoss. »Zwischen den Punschstandeln liegt die Durchschnittspromille bei 1,5. Da kannst genauso gut ein paar Ameisen befragen, Herr Psychologe.«

Das Diktiergerät klickte bestätigend, und Nepo nahm autoritär die zweite Nachricht auf. »Der Täter hatte offenbar das Ankommen der Perchten genutzt, um sich unters Volk zu mischen, was eine exakte Planung nahelegt.«

»Er plant nicht exakt, er plant zwanghaft«, warf Meiberger unelegant, aber effektiv ein. »Das psychologische Muster ist klar, wir wissen, dass er in der Kälte gestanden und seine Opfer beobachtet haben muss, und wir wissen, dass die Mutter sich schon davor beobachtet gefühlt hat. Also ist anzunehmen, dass der Täter ihr penibel gefolgt ist. Das braucht zwanghafte Charakterkomponenten, sonst kann er es nicht in der Perfektion durchführen.«

Nepo hörte Meibergers Worte, aber alles, woran er denken konnte, war die liquide Ergänzung, die man so einer Käsekrainer anständigerweise schuldig war.

Einen Schluck Bier. Kalt. Aus der Flasche, nicht aus der Dose. Nepo schloss die Augen beim Trinken und kostete die Explosion in seinem Mund aus. Malzig. Frisch. Die Welt war in Ordnung.

Gerade als Meiberger dachte, dass das Niveau des immerhin waffenführenden Polizeibeamten neben ihm nicht zu unterbieten war, kam Nepos Assistent Ganslinger dazu, dem optischen Eindruck nach ein entfernter Cousin des Pumuckl. In seiner Hand wurde eine Schaumrolle sichtbar, die er mit der Leidenschaft eines Liebhabers in den Fingern hielt. Wenn man diese Seite von Inspektor Kevin Gottlieb Ganslinger verstehen will, dann muss man seine Geschichte kennen. Als jüngster »Nachkomme« der k.-u.-k. Konditorei Ganslinger in St. Gilgen wurde Kevin die Schaumrolle in die Wiege gelegt. Buchstäblich. Diese Liebe zur österreichischen Konditorkunst ließ Mama Ganslinger keinen Zweifel daran hegen, dass ihr Gottlieb – sie nannte ihn nur bei seinem zweiten, von ihr favorisierten Namen – einmal den Familienbetrieb übernehmen würde. Bis zu seiner Jugend stellten die Mehlspeisen dann auch tatsächlich Ganslingers Lebensmittelpunkt dar, aber das änderte sich, als just an seinem zehnten Geburtstag die erste und letzte Videothek in St. Gilgen eröffnete. Fortan eiferte Ganslinger den Helden der seinerzeit immens populären Actionfilme nach, die ihn auf dem brandneuen Videorekorder der Eltern aus der Realität entführten. Stallone, Schwarzenegger, Van Damme, echte Kerle, die die Welt kraft ihrer Coolness wieder geraderückten.

Fortan war für Ganslinger klar, dass auch er das tun würde. Er würde Polizist werden und zog diesen Jugendtraum tatsächlich durch, was Mama Ganslinger nicht nur enttäuschte, sondern regelmäßig ihren Blutdruck kontrollieren ließ. Doch ungeachtet dessen waren und blieben Schaumrollen Inspektor Ganslingers große Liebe. Für ihn war klar, dass sie perfekte Werke österreichischer Konditortradition waren. Sie hatten kein Vorne und kein Hinten, keinen Anfang und kein Ende, und eben das machte sie perfekt. Nepo sah das anders. Aus seiner Sicht brachte nur ein Ignorant Schaumrollen zum Würstelstand mit. Das war sowohl in kultureller als auch in kulinarischer Hinsicht in hohem Maße unpassend.

Für Meiberger entbehrte es nicht einer gewissen Ironie, dass solch traurige Produkte des öffentlichen Schulsystems im späteren Leben in die autoritäre Position kommen konnten, die Exekutive der Republik zu verkörpern. Ganslinger stellte in derselben Sekunde fest, dass kein Puderzucker, sondern Kristallzucker auf der Schaumrolle war. Anfängerfehler.

Meiberger schlussfolgerte mit einem kapitulierenden Seufzer, dass diese pragmatisierten Herzinfarktkandidaten so ziemlich das Gegenteil dessen sein würden, was man im Allgemeinen als hilfreiche Kollaboranten betrachtet. Die Verantwortung dafür, das Mädchen zu finden, lag wohl oder übel bei ihm, und zwar bei ihm allein. Er musste sich zu hundert Prozent auf sich selbst verlassen, ein bisschen so wie damals in der Schule. Und ebenso wie damals klammerte er sich trotz seiner akademischen Grade und Diplome immer noch an eine simple, mit neun Jahren am Schulhof in Itzling gewonnene Erkenntnis: Es gibt nur einen einzigen Moment, in dem man mit hundertprozentiger Sicherheit davon ausgehen kann, dass ein anderer Mensch einem die Wahrheit sagt. Der Moment, in dem der andere eine Entscheidung trifft. Der Täter hatte eine Entscheidung getroffen – und die würde Meiberger zu ihm führen. Darauf musste er sich jetzt konzentrieren. Ohne Hilfe und in dem klaren Bewusstsein, dass jede Sekunde, die er verlor, Maries Überlebenschancen verringerte.

4

Weißt Du schon, was Du Dir vom Christkind wünschst? Ich schon. Ich will meinen Bärli wiederhaben. Ohne ihn gehe ich nicht, das hab ich dem Mann gesagt. Ich hab ihm gesagt, dass der Bärli mit mir nach Hause geht. Und der Mann kann mir nix tun. Der nicht. Es tut nicht weh, nur weil da Blut war. Aus der Nase habe ich auch schon oft geblutet. Und nur weil ich kein Pflaster auf die Hand bekommen habe, tut's noch nicht weh. Der kann mir nicht wehtun, der Mann, weil ich ihn nicht lasse.

Und ich weiß, dass die Mama mich finden wird. Weil sie mich immer gefunden hat. Ich muss nur warten. Ganz ruhig sein, und brav. Dann findet sie mich. Ganz sicher. Ganz, ganz sicher.

5

In der Nacht zuvor war eine beachtliche Schneeschicht über die Welt gefallen. Die Zeit war angehalten worden, und wer immer die vereisten Schluchten der Alpen jetzt betrat, ließ deutliche Spuren zurück. Viele waren es nicht, die heute schon vor Eva und Karl auf den Untersberg gestiegen waren. Um genau 7:42 Uhr waren sie wach geworden, in den Armen des jeweils anderen, eingekuschelt, wie Vögel im Nest. Und ein Nest, das war es, ihr Häuschen, zwar ein wenig abgelegen, hier oberhalb von St. Leonhard, aber so, wie sie es sich immer gewünscht hatten. Und jetzt, kurz nach halb neun, baumelten beide schon in zweihundert Metern Höhe an Granitfelsen, gehüllt in dicke Bergsteigerjacken. Eissplitter fetzten an Evas Gesicht vorbei, und Muskelfasern protestierten, als sie den Eispickel einschlug. Sie umklammerte den Stil so fest sie konnte, der Druck ihrer fünfzig Kilo Körpergewicht lastete wie ein Vielfaches auf ihr. Ein Windstoß ließ ihre Jacke flattern, sie spürte, wie der Sog sie vom Felsen wegdrückte, hörte die Stimme ihres Vaters durch ihren Kopf dröhnen. »Enger an der Wand klettern, der Böe keine Chance lassen. Nicht nach unten blicken.« Eva blickte nach unten. Es war ein Reflex, den die dumme Maschine Mensch immer dann ausführte, wenn sie das Gleichgewicht verlor. Obwohl sie sich noch festhielt, schien Eva jetzt allein der Blick nach unten zu ziehen. In einen Abhang aus spitzen Felsvorsprüngen, die sie beim nächsten Fehler aufspießen würden wie die Fliegen, die ihre Cousins auf den Dornenbüschen ihrer Mutter aufgespießt hatten, an ihrem elften Geburtstag, um sie zum Weinen zu bringen. Eva schloss die Augen, schüttelte die Erinnerung ab und zwang sich, wieder nach oben zu schauen.

Sonnenstrahlen stachen ihr in die Augen, ihre überforderten Sehnerven reagierten mit dunklen Punkten, aber dahinter sah sie den Felsvorsprung, der nur noch wenige Meter entfernt war. Eva sammelte alle Kräfte. Sie holte aus, schlug den Eispickel ein zweites Mal ein – und: rutschte ab. Eva sackte im Bruchteil einer Sekunde nach unten, ihre zweite Hand schoss reflexartig zur Wand, fand Halt, der ihre Finger zum Zittern brachte. Ihr ganzes Gewicht baumelte jetzt nur noch an dieser brennenden Handfläche. Ein stechender Schmerz schoss durch Evas Arm, aus den Augenwinkeln sah sie die scharfen Felsformationen unter sich. Das Stechen im Arm verwandelte sich in ein Pochen, die Finger wurden taub, und Eva verstand in dem Moment, dass sie abstürzte. Ihre Finger gaben nach, und sie wurde mit einer Geschwindigkeit in die Tiefe gerissen, die stärker und größer war als alles, was sie je erlebt hatte. Sie war machtlos. So fühlte sich wohl das Sterben an. Der Moment, wenn der Tod einen eingeholt hatte und man nichts mehr gegen ihn ausrichten konnte.

Da fingen Hände Evas Schultern auf. Noch bevor sie begriffen hatte, was vor sich ging, spürte sie, wie der

Druck nach unten einer Kraft wich, die sie nach oben zog. Eva wurde auf einen Felsvorsprung gehievt – von Karl, der die ganze Zeit neben ihr geklettert war. Er stemmte sie mit einer Behutsamkeit auf das kleine Plateau, die angesichts der extremen Situation fast surreal war. Genauso wie sein Lächeln. Ein ehrliches Lächeln, das dem Tempo seiner Atmung und dem Zittern in seinem Gesicht trotzte – beides Nebenwirkungen des Adrenalins, das durch seinen Körper pumpte. Eva lehnte sich an die Wand, keuchend und bis zum Hals in eine Bergsteigerjacke gehüllt, die sich plötzlich zwei Nummern zu groß anfühlte.

Sie wollte sich bedanken und entschuldigen, beides gleichzeitig, brachte aber keinen Ton heraus. Einen Moment brauchte sie, bis ihre Atmung wieder ruhiger war, dann flüchtete sie sich in Karls Augen. In die Vertrautheit dahinter, die sie in Sekundenschnelle beruhigen konnte. Karl würde ihr keinen Vorwurf machen, dass sie ohne die einschränkende Sicherung klettern wollte. Er würde sie auch nicht darauf hinweisen, dass das Beinaheunglück ihre eigene Schuld gewesen war. Die meisten Menschen in Evas Umfeld verbrachten ihre Zeit damit, sich gegenseitig Vorwürfe zu machen, Vergangenes auszuwalzen und einander zu kritisieren. Karl war anders. Auch deshalb liebte sie ihn.

Sie konnte nicht genau bestimmen, wie lange das schon so war, erinnerte sich aber an ein Ereignis, das mit ziemlicher Sicherheit den Grundstein für ihre Gefühle gelegt hatte. Es war mittlerweile vierundzwanzig Jahre her, Evas achter Geburtstag. Ihr Vater hatte

Schicht im Bergwerk, und Eva war allein. In dem alten, dunklen Haus, in dem die Holzböden ständig zu knacksen anfingen, obwohl niemand im Zimmer war. Immer wieder erweckte es den Eindruck, als ob jemand den langen Gang zu ihrem Kinderzimmer entlangginge, um die Tür aufzustoßen, ihr die Decke vom Körper zu reißen und … Eva wollte sich nicht mehr erinnern, wovor genau sie in den Nächten Angst hatte, aber die Angst war immer da. Zumindest bis sie an jenem achten Geburtstag Karls Geschenk geöffnet hatte. Es bestand aus einer Taschenlampe und einem kleinen Spiegel, der an einen Holzpflock gelötet war. Um den Zusammenhang zu verstehen, musste man drei Dinge wissen.

Erstens: Die Häuser von Karls und Evas Eltern lagen nebeneinander.

Zweitens: Karls Zimmer war im oberen Geschoss, das von Eva im unteren.

Drittens: Seit Karl in der ersten Gymnasialklasse die Parallelen zwischen Thomas Edison und Daniel Düsentrieb erkannt hatte, war er ein selbst ernannter Erfinder und ständig dabei, seine nächste Errungenschaft zu konstruieren. Von der »Super-Duper-Regenschirmfernbedienung« bis zum »Super-Duper-Apfelschäler« versuchte er sich an den verschiedensten Konstruktionen, die meist nur eines gemeinsam hatten: Sie waren »Super Duper«.

Das Geschenk, der »Super-Duper-Nachtkommunikator«, ermöglichte es Eva, mit Karl Kontakt aufzunehmen, wenn sie nachts allein zu Hause war und

Angst bekam. Sie musste nur die Taschenlampe auf den im Garten angebrachten Spiegel richten. Der lenkte das Licht direkt in Karls Zimmer, wovon er wach wurde und mit seiner Taschenlampe zurückleuchten konnte. Er behauptete, den Winkel für den Platz, an dem der Spiegel ins Gras gesteckt wurde, selbst berechnet zu haben. In Wahrheit hatte sein Vater ihm dabei geholfen. Für den war der »Super-Duper-Nachtkommunikator« nur eine weitere lustige Spielerei seines Sohnes gewesen. Aber für Karl war es die einzige Möglichkeit, Eva vor den Ängsten zu beschützen, die sie jede Nacht quälten. Schon damals hatte Karl auf sie aufgepasst, und jetzt, in siebenhundert Metern Höhe, auf einem Felsvorsprung des Untersbergs, hatte er es wieder getan.

Eva legte die Hand auf Karls Wange. Sein Gesicht war kalt vom Weg nach oben, aber seine Augen strahlten eine Sicherheit aus, in der sie sich schon oft verloren hatte. Sie umfasste Karls Schultern, mehr in Trance als bewusst, und küsste ihn. Die weichen Lippen mit den vertrauten Bartstoppeln, sein warmer Atem, den sie jetzt klar spüren konnte. Eine Wärme, die alle kalten Gedanken aus ihrem Kopf aussperrte. Und die Eva wieder so zur Ruhe brachte, dass sie die Welt um sich herum für den Augenblick vergessen konnte.

6

Es war die Kälte, die Eva und Karl antrieb, am Rückweg die Abkürzung zu nehmen. Eine Entscheidung, die Eva für den Rest ihres Lebens bereuen würde. Der Moment, in dem das Unglück anfing, war harmlos. So ist es meistens. Es war nur ein Schneehaufen. Weiß. Unschuldig. Aber er war ungewöhnlich, hier im Gebirge. So als ob jemand zum Spaß einen riesigen Haufen aufgeschüttet hätte. Mit einer Schaufel, zweifelsohne, denn selbst mit behandschuhten Händen wäre das ohne Erfrierungen undenkbar. Aber wer ging mit einer Schaufel ins Gebirge klettern? Und zu welchem Zweck?

Etwas Dunkles blitzte aus dem Schneehaufen hervor. Karl wurde langsamer, und auch Evas Schritte stockten, als sie begriff, dass da in dem Haufen etwas lag. Karl wurde jetzt automatisch schneller, und Eva folgte ihm. Die kalte Luft presste sich in ihre Lungen, das Knirschen des Schnees fetzte durch ihre Ohren. Eva war schneller, kam als Erste zum Schneeberg, der sich als Ansammlung zugeschneiter Eisklumpen herausstellte. Darunter, begraben im Eis, wurde ein Stück dunkler Stoff sichtbar. Keine Sekunde später sprach Karl den Satz aus, der sich auch in Evas Kopf formte.

»Da liegt jemand!«

Eva spürte, wie ihre Beine nachgaben, so als ob alles abwärts ihrer Knie plötzlich aus Wachs wäre. Sie kämpfte dagegen an, bückte sich nach unten. Das Eis rings um den Stofffetzen war schneebedeckt. Mit festen Bewegungen fegte sie den Schnee zur Seite – und was sie sah, trieb ihr einen Schrei durch die Kehle.

Eva blickte in die leeren Augen eines toten Mannes, den der Schnee buchstäblich eingefroren hatte.

Wie eine vereiste Puppe. Eva hatte das Gefühl, weiter zu schreien, aber sie tat es nicht. Sie glaubte umzukippen, aber auch das passierte nicht. Stattdessen stand sie einfach nur da und blickte starr auf die festgefrorene Leiche, die direkt vor ihr im Schnee lag, gehüllt in die Reste eines schwarzen Bergsteigeranoraks. Jetzt kam auch Karl dazu. Schweiß schoss ihm ins Gesicht, er musste sich bei Eva festhalten, um nicht in die Knie zu gehen. Während Karls Schock sich in liquider Form aus seinem Körper presste, tat Eva das, was Frauen immer taten, wenn Männer die Nerven verloren. Sie behielt sie, zog ihr Handy aus der Tasche und wählte die Notrufnummer.

7

Meiberger saß in einem Einsatzwagen der lokalen Polizeistation und wunderte sich, wie massiv die unwirtliche Straße ihn durchschüttelte. Offenbar waren die Stoßdämpfer genauso vernachlässigt worden wie das Interieur des Dienstfahrzeugs, das sein uniformierter Chauffeur mit festem Blick und frisch gebügelter Polizeiuniform über den holprigen Untergrund manövrierte. Sein Name war Bacher, und sein Rasierwasser drang scharf durch den Fahrerraum, obwohl er Bartstoppeln trug. Zusammen mit dem Mentholdrops in seinem Mund hätte Meiberger auf Alkohol getippt, wenn Bachers Augen geschwollen gewesen wären, aber das waren sie nicht, was zusammen mit dem Feuerzeug am Armaturenbrett darauf schließen ließ, dass dieser Bacher wohl heimlicher Raucher war. Er trug keinen Ring, auch keinen Ringabdruck, also verheimlichte er es wohl vor seiner Mama, nicht vor seiner Frau, allenfalls vor seiner Freundin. Eher aber vor der Mama, weil die Uniform frisch gebügelt war. Mit den Pranken, die das Lenkrad strangulierten, konnte der Mann kein Bügeleisen bedienen, und keine Freundin, ergo Freiwillige, die nicht durch ein heiliges Gelübde an ihn gebunden war, würde diesem zerknautschten Alpensheriff freiwillig die Hausdame machen, so viel war klar. Meiberger musterte Bachers Schnauzbart und folgerte, dass wohl auch der ein Gefallen für die Mutter sein musste. Der Mann musste um die dreißig sein, welche Frau seiner Generation wurde auf diese Form der Bartverirrung stehen? Außer natürlich, es gab eine spezielle sexuelle Vorliebe, die … Meiberger verwarf den Gedanken.

Um Bacher nicht mehr anschauen und analysieren zu müssen, drehte er sich lieber zum Fenster, durch das sein Blick auf den Untersberg fiel. Der alte Kalksteinhüne stand so massiv da wie eh und je und drängte wieder mal brutal die Wolken weg. Irgendwie war er schon auch ein alter Trottel, der Untersberg. Er hatte in seiner Zeit mehr Wanderer umgebracht und Mythen produziert als jedes andere Gebirge im Bundesland Salzburg, an dessen buchstäblichem Rand Meiberger und Bacher sich jetzt befanden. Sie waren auf dem Weg von St. Leonhard zurück zum Bezirkspolizeikommando Salzburg Land in Anif, eine Viertausendseelengemeinde mit einem starken Fußballverein und einem traumhaften Wasserschloss, das in der Ferne hinter der Windschutzscheibe bereits sichtbar wurde. Der Himmel wurde vom Felsmassiv verdunkelt, und das gefiel Meiberger gar nicht. Klar war er als Psychologe Realist und selbstverständlich nicht abergläubisch, aber hier, am Fuße des Untersbergs, da gefiel einem so was einfach nicht. Zumindest wenn man noch einen Hauch dessen hatte, was C. G. Jung Intuition nannte.

Bacher bog jetzt auf die Landesstraße, schaltete in den nächsten Gang, und als ob er das Heulen des Motors übertönen wollte, drehte er das Radio lauter. Aus den wimmernden Boxen verschluckte Rockmusik die Fahrgeräusche. Meiberger überlegte, ob Bacher für Stimmung sorgen oder einfach nur unbemerkt einen fahren lassen wollte. Eine Sekunde und zwei Millisekunden später musste er feststellen, dass Letzteres der Fall war. Meibergers alter Unidozent hatte recht gehabt, die olfaktorische Wahrnehmung konnte wirklich grausam sein. Mit einem eiligen Tastendruck öffnete Meiberger sein Fenster, blinzelte kurz im hereinpeitschenden Fahrtwind, und blickte dann über die gewaltigen Bergschluchten, die passend zu den Gitarrenriffs aus dem Radio am Fenster vorbeizogen. Mit der frischen Winterluft in der Lunge und der malerischen Aussicht in den Sehnerven musste Meiberger gestehen, dass die Alpenstraße ihrem Namen alle Ehre machte. Der Blick, der jetzt durch das Fenster freigegeben wurde, müsste sich selbst von einer Postkarte »Kitschist« schimpfen lassen. Hellblauer Himmel, schneebedeckte Bergspitzen, dazu die strahlende Dezembersonne. Darunter Hügel aus Puderzucker, die in der Sonne glitzerten und in Meiberger ein Gefühl von Vertrautheit auslösten, das er nur von zu Hause kannte. Auch St. Leonhard, das sie inzwischen hinter sich gelassen hatten, war an diesem klaren Tag wie eine Insel inmitten der Bergschluchten erschienen. Unterhalb des Gebirges gelegen, weiße Wälder, weihnachtlich angezuckerte Häuser. Eine natürliche Idylle, wenn es je eine gegeben hatte.

Als Nepo Meiberger die Adresse geschickt hatte, hatte der St. Leonhard erst einmal in die Suchmaschine eintippen müssen. Er kannte es nicht, konnte das aber natürlich nicht zugeben. Bei einem amtlichen Vollkoffer wie Nepo durfte man grundsätzlich nie eigenes Unwissen zugeben, das durfte man nur bei intelligenten Gesprächspartnern, die so etwas einzuordnen wussten, und aus Meibergers Sicht gab es die bei der österreichischen Exekutive nicht. Nepo war über fünfzig, und dieser Schnauzbart Bacher, der sich gerade im Fahrersitz krümmte, um einen zweiten Gasanschlag aufs Wageninnere loszulassen, wirkte fast wie eine jüngere Version von ihm. Dieses St. Leonhard war ein kleiner lieblicher Ort von etwa tausend Einwohnern, Tendenz sinkend. Und es war der Ort, aus dem nicht nur die Zeugen, sondern auch dieser Bacher kam. Letzteres war für Meiberger ein höchst befremdlicher Zusammenhang. Dass dazu ausgerechnet ein Gewaltverbrechen ihn hierhergeführt hatte, war wohl der schräge Humor des Schicksals.

Ebenso wie der kleine Teddybär, den Meiberger, gepackt in eine Plastiktüte, auf dem Schoß hielt.

Maries Teddybär.

Meiberger war, als ob das Stofftier zu ihm nach oben blicken würde. Das Gesicht des Bären erinnerte den Psychologen an die Teddys auf den alten Weihnachtskeksdosen, die seine Mutter früher gesammelt hatte. Etwas ganz Spezielles machte dieses kleine Kuscheltier besonders weihnachtlich: die rote Weihnachtsmütze, die Maries Mutter ihm gestrickt hatte. Jetzt war sie schwarz von Dreck und Eis, und das Stofftier war auch sonst ziemlich mitgenommen vor der Tatsache, dass es im Anorak einer Eisleiche in siebenhundert Metern Höhe auf dem Untersberg gesteckt hatte. Die Beweissicherung hatte unter Nepos blutdruckgesteigertem Kommando eruiert, dass es tatsächlich dasselbe Stofftier war. »Dasselbe, nicht das gleiche«, hörte Meiberger die Stimme seiner Volksschullehrerin in seinem Kopf tönen.

Folglich brannte eine Frage in den Köpfen aller Beteiligten: Wie kam das Stofftier eines entführten kleinen Mädchens aus St. Wolfgang binnen zwölf Stunden in die Tasche einer am Untersberg festgefrorenen Eisleiche? Der Teddy, der die Antwort eigentlich kennen musste, blickte Meiberger ebenso fragend an. Und Meiberger wusste, dass das eine dunkle Vorweihnachtszeit werden würde.

8

Wenn Sie noch nie in der Polizeiinspektion Anif waren, begehen Sie doch einfach eine kleine Straftat im Umkreis und lassen Sie sich hinbringen. Der Besuch ist es wert, denn Anif hat wirklich eines der gemütlichsten Polizeipräsidien, die man sich vorstellen kann. Auf jeden Fall das gemütlichste, das Meiberger je gesehen hatte. Durch die Fenster konnte man auf sanft angezuckerte Baumreihen blicken, ein richtiges Winterwunderland, und wenn man sich zur anderen Seite drehte, sah man bis zur Göllstraße, wo das Adventsingen stattfand. So weit musste man aber gar nicht gehen, um Weihnachtsstimmung zu inhalieren, die Lebkuchenherzen und handgestrickten Wollsocken an den Wänden verströmten ebenso wohlige Gemütlichkeit wie die kleinen Holzschreibtische, die wirkten wie aus der Werkstatt des Weihnachtsmanns.

Meibergers Lächeln beim Eintreten machte Bacher, für den dies eine »Dienststelle« war, nervös. Als er den Psychologen zu den Schreibtischen der Kollegen eskortierte, kam ihm seine Uniform irgendwie enger vor als sonst. Gewissermaßen fühlte er sich beobachtet von diesem Psychologen, obwohl der ihn nicht einmal ansah, und das gefiel dem 34-jährigen Gruppeninspektor gar nicht. Er war hier der Alpensheriff, er war der Boss. Bacher räusperte sich, wich Meibergers Blick aus und versuchte mit der Subtilität einer Planierraupe, seine Anspannung abzuschütteln. Er hätte es nie zugegeben, aber so nervös wie in diesem Moment war er seit seinem Dienstantritt nicht mehr gewesen.

Und das hatte mit dem Psychologen aus der Stadt genau genommen gar nichts zu tun. Aber mit dem Fall. Ja, das war tatsächlich die richtige Bezeichnung. Es war ein echter Fall. Die Bergwacht hatte über Funk den Fund einer Leiche gemeldet. In einem Alltag, in dem die Meldungen sich um altersschwache Traktoren am Straßenrand oder lästige Schneewehen drehten, war das schon cool. So cool, dass man nicht cool bleiben konnte. Natürlich hatte Bacher sich des Falles auf der Fahrt dorthin bereits gedanklich angenommen. Für ihn war klar, dass diese Eisleiche mit dem Teddy in der Tasche ein Urlauber sein musste. Der Tote hatte die Route von St. Leonhard genommen. Von seinem Ort. Und wenn in seinem Ort jemand abgängig wäre, hätte Bacher es gewusst. Scheiße, man hätte es buchstäblich gesehen bei den paar Maxeln, die bei ihnen rumliefen. Folglich würden die Kripodilos aus Salzburg das ganze unangenehme Zeug machen, und er, Bacher, brauchte bloß präsent zu sein und so cool zu wirken, wie er nicht war. »Be cool«, hörte er George Clooney sagen, und mit einem Mal fühlte er sich selber wie der Clooney, nur eben noch cooler, weil mit Uniform. Bacher spürte jetzt wieder den Blick des Psychologen auf seiner Schläfe.

Meiberger dachte beiläufig, dass er Nepo nach der Bekanntschaft mit Bacher nicht mehr als größten Idioten bei der Polizei titulieren durfte. Während er dem zwanghaft coolen Schnauzbart-Inspektor durch den Polizeiposten folgte und die Gemächlichkeit des Außenpostens mit jedem Schritt tiefer in seine Glieder dringen spürte, fiel dem Weihnachtsteddy, den Meiberger in der Hand hatte, auf, dass der Untersberg auch hier stets durchs Fenster präsent war. Mit Hochschullehrertonfall ließ Meiberger den Teddy in Gedanken wissen, dass dieser Berg für seine Zeitphänomene bekannt war. Angeblich gab es hier in der Gegend tatsächlich Orte, an denen die Zeit stillstand. Beim Anblick des örtlichen Polizeipostens glaubte Meiberger das sofort. Die anwesenden Beamten agierten alle im Zeitlupenmodus, das einzig lebhafte Element waren die Zeugen, auf die Meiberger jetzt mit Bacher zuging.

Die erste war Eva Bucher, eine junge Bergsteigerin, die sichtlich mitgenommenen auf einem Stuhl kauerte und von Bacher in Gesten und Tonfall umgarnt wurde wie von einem brunftigen Minnesänger. Dass ihr Freund Karl Püber nicht nur ebenfalls ein Zeuge, sondern auch die ganze Zeit am Schreibtisch daneben anwesend war, ignorierte Bacher, der darauf spekulierte, dass der Nebenbuhler ihm kraft der allmächtigen Uniform keine reinhauen konnte. Meiberger spürte das dringende Verlangen, dieses Ungleichgewicht wieder ins rechte Verhältnis zu rücken und mit seinen Faustknöcheln Bachers Überbiss zu korrigieren.

Wie so oft, unterdrückte Meiberger die aufkeimende Wutspitze sofort. Ganz Psychologe vergrub er seine Emotionen in Sekundenbruchteilen in seinem Inneren, wo sie niemanden störten. Zumindest vorerst. In etwa zwanzig Jahren würden sie im Rahmen eines fatalen Myokardinfarkts wieder ausbrechen und sich letal dafür rächen, dass Meiberger sie so lange eingesperrt hatte. Aber das lag noch in ferner Zukunft. Im Moment ermöglichte ihm die Emotionenschiebetaktik die Coolness, die seine Tätigkeit als Gerichtspsychologe überhaupt erst möglich machte. Und das war genau die innere Ruhe, die Bacher gern gehabt hätte und die Meiberger tatsächlich besaß.

Im groben Gegensatz zu Bacher nahm Meiberger Evas äußerliche Attraktivität nur zur Kenntnis. Für ihn waren die großen Augen und der Schmollmund nur faktische Kennzeichen einer potenziellen Personenanalyse, ebenso die Tatsache, dass sie das glänzende Haar lang und offen trug, absolut unpassend für ihre sportliche Tätigkeit. Mit Sicherheit einer nostalgischen Erinnerung an eine prägende Person geschuldet. Weder Mutter noch Tante, dafür war der Haarschnitt zu keck, eher große Schwester oder Freundin, jemand, zu dem die 32-Jährige wohl einst aufgeblickt hatte.

Die einzige Frage, die Meiberger an Eva und Karl hatte, war kurz und knapp: Wer hätte den Täter sehen können, als er nach oben stieg? Der Sachverhalt war kurios, denn wie die Beweissicherung, die Käsekrainer-Kapitän Nepo geschickt hatte, schon vor Ort feststellen konnte, musste der Tote bereits tot gewesen sein, bevor man ihn auf dem Berg zum Einfrieren abgelegt hatte. Der Täter musste die Leiche also nach oben transportiert haben, zu Fuß oder per Schlitten, anders war die Stelle nicht zu erreichen, und da es rund um den Schneehaufen keine Spuren außer die der Zeugen gab, musste das passiert sein, bevor der nächtliche Schneefall eingesetzt hatte.

Makaber an der Situation war auch, dass auf der Stirn des Toten ein Symbol eingeritzt war. Die Wunde schien bereits einige Tage alt zu sein, man konnte den einsetzenden Heilungsprozess deutlich erkennen, was eine penible Planung nahelegte. Und da war sie, die zweite Parallele zu Maries Fall: penible Planung. Und als Bacher Meiberger jetzt gönnerhaft den vorläufigen Obduktionsbericht reichte, fand Meiberger etwas, das mehr über den Täter sagte als alle anderen Hinweise zuvor: Das Symbol, das der Tote auf der Stirn trug, war eine eingeritzte Krone.

Wie einer der Heiligen Drei Könige, der wie sein biblischer Vorgänger über den Berg kam und ein Geschenk, eine Gabe für das heilige Kind bei sich hatte: den Teddybären in seiner Tasche.

In dieser Sekunde erinnerte Meiberger sich an einen Fall, den sein Kollege Alex letztes Jahr als Gutachter für das Gericht betreute. Ein Fall, bei dem er Meiberger um Rat gefragt hatte. Damals hatte der Täter dem Opfer Engelsflügel in den Rücken geritzt. Alex hatte aufgrund des lockigen Haares und der blauen Augen des Opfers auf einen biblischen Hintergrund geschlossen, so viel wusste Meiberger noch, aber an mehr konnte er sich nicht mehr erinnern.

Meiberger zückte sein Handy. Neunundneunzig Prozent aller Menschen hätten jetzt die »KONTAKTE«-App im Smartphone geöffnet, aber Meiberger, der stets die leichte Paranoia verspürte, sein Handy könnte gestohlen werden, verloren gehen oder sonst irgendwie in »falsche Hände« geraten, merkte sich sensible Nummern immer auswendig – und tippte los.

»Wen rufen Sie an?«, unterbrach Bacher ihn. Meiberger beschloss, den Schnauzbartsheriff zu ignorieren, und drehte sich zur anderen Seite, während das Freizeichen in sein Ohr dudelte.

Genau 8,3 Kilometer von der Polizeistation Anif entfernt saß Meibergers Freund Alex in einem feinen Salzburger Innenstadtlokal, dessen Name in dezentem Latein dazu aufforderte, man solle den Tag nutzen. Genau das tat Alex in diesem Moment, denn ein besseres Beef Tatar hatte er noch nie gehabt. Der Grund, dass er es überhaupt bestellt hatte, war einem kuriosen Faktum geschuldet, das er einem Radiobeitrag während der Taxifahrt entnommen hatte. Darin erzählte der Sprecher, dass das »Beef Tatar« im Jahre 1921 in Frankreich erfunden worden war, von einem Meisterkoch, dessen Name der Verkehrslärm größtenteils verschluckt hatte. Er klang ähnlich wie »Escort«, was dem Psychologen natürlich unweigerlich eine andere Assoziation aufdrängte und ihn wie so oft den alten Sigmund Freud verteufeln ließ. Während Alex nun mit großem Genuss die Erfindung des Beef Tatars würdigte, versuchte sein bester Kumpel Fernando, der ihm gegenübersaß, gerade ein Stück österreichische Fernsehgeschichte zu würdigen, das Alex eben schändlich verkannt hatte. Fernando, der aus Zeitgründen bereits beim Hauptgang, einem saftigen Loup de Mer, war, versuchte das unqualifizierte Statement seines Gegenübers zu entkräften, das ihm im Hals stecken geblieben war wie eine unsichtbare Gräte.

Alex, auf dessen Schreibtisch täglich drei neue Kriminalfälle zur Einschätzung lagen, hatte sich, offenbar ermutigt durch den dritten Prosecco, zu dem Statement hinreißen lassen, die von seinem Freund geschätzte Krimiserie *Kottan ermittelt* sei nichts weiter als realitätsfremder Klamauk. Für Fernando ein unqualifizierter Affront, denn gerade die allerersten *Kottan*-Episoden mit Peter Vogel seien inhaltlich hochwertig und im Humor realitätsbezogen. Das vergaßen viele Menschen nur durch die späteren Episoden, und eine Verallgemeinerung wie die von Alex konnte nicht kommentarlos hingenommen werden. Fernandos Plädoyer für *Kottan* hatte Alex zwar insgeheim überzeugt, aber als Psychologe war er neugierig darauf zu erfahren, wie viel Nachdruck Fernando dem Argument verleihen würde, bevor es ihm zu blöd wurde. Also hielt Alex dagegen.

Er holte gerade zu einem neuen Verbalschlag aus, als sein Handy am Tisch zu vibrieren begann und die Perlen in seinem Proseccoglas verrücktspielen ließ. Am anderen Ende der Leitung war ein Meiberger zu hören, der alles andere als ruhig klang. Die Zeit dränge und er brauche eine wichtige Information: »Wer hat den Mordfall um das Opfer mit den Engelsflügeln letztes Jahr für die Kripo bearbeitet?«

»Das war doch eh dein Freund bei der Kripo. Der Nepomuk Wallner. Wieso fragst du?«

9

Nepo wusste, dass halb zwei am Nachmittag zu früh war, um zum Hämsy Wirt zu gehen, und ja, er hatte streng genommen noch Dienst. Aber Nepo war ein religiöser Mensch, und er glaubte an die heilende Kraft von »Scheiß drauf«. Die anderen Gäste des Hämsy Wirt in St. Gilgen waren, was das anging, Brüder und Schwestern im Geiste. Nepo setzte sich in die Ecke seines Stammtisches, hörte das vertraute Quieken der Holzbank, spürte die gemütliche Lehne im Rücken und schloss die Augen. Der Beat des Achtzigerjahre-Weihnachtssongs klopfte in jedem Muskel. Lebensfreude, Hoffnung, Besinnlichkeit, verpackt in akustischen Zuckerguss. Den Titel des Songs kannte er nicht. Es war ihm aber auch egal, er hätte ihn ohnehin nicht aussprechen können, ohne sofort seinen englischaffinen Kollegen Ganslinger im Ohr zu haben, der ihn neunmalklug korrigierte. Aber dazu tanzen, das wäre kein Problem gewesen. Nicht so, wie die jungen Leute es machten. Nicht diese zuckenden Bewegungen, die wie epileptische Anfälle aussahen, zu diesem dröhnenden Elektroscheiß, der allen Ernstes als Musik bezeichnet wurde. Nein, richtig tanzen. Jive. Foxtrott. Disco Fox. Karo, die hatte das noch wirklich gekonnt. Elegant, anmutig. »Die Marketenderin von St. Gilgen, schönste Frau des Orts.« Zwei Mal. Nepo konnte sie immer noch vor sich sehen, in ihrem Kleid vom Studentenball. Nur, dass sie an dem Abend nicht mit ihm getanzt hatte, sondern mit …

Seine Gedanken wurden erstickt. Da war er wieder, der kalte Stich in seiner Brust, der da immer war, wenn er an Karo dachte. Gleich auf den Stich folgte das Verlangen. Das Verlangen nach starkem Gerstengeschmack im Mund, nach Erleichterung hinter seiner Stirn. Nach dem dösenden Gefühl, das mit jedem Schluck betäubender wurde.

Nepo blickte sich um. Das Wirtshaus war festlich geschmückt. Kein Plastikkitsch, nur echter, weihnachtlicher Brauchtumsschmuck. Mit Anis gespickte Orangen, Nüsse und Holzwägen, ein kleiner Baum in der Ecke mit bunt bemalten Holzsternen und Zimtstangen. Dazu Kerzen, die festlich flackerten, der Duft von Wachs und, ja, tatsächlich, Weihrauch, von dem kleinen Kranz am Tisch, der gesegnet worden war und das Aroma des Weihwassers in sich aufgesogen hatte wie Nepo jetzt das Bier, das man ihm brachte. Hinter der Bar zeichnete sich Zigarettendunst ab, auch das gab es noch, allen Verordnungen zum Trotz, mitten in Österreich. Und Nepo, der alte Revoluzzer, war stolz darauf. Wenn schon jemand cool wie James Dean sein wollte und dafür das Lungenkrebsrisiko in Kauf nahm, hatte kein Mensch der Welt das Recht, ihn davon abzuhalten. Alles bewegte sich viel zu schnell weiter, und zu viel Altes war von Neuem ersetzt worden. So sah Nepo die Welt, und die Welt sah ihn auch so, insbesondere Karo, die nicht mehr zurückrief. Sie hatte sich auch weiterbewegt. Buchstäblich. Er würde an Heiligabend mit ihnen Weihnachten feiern dürfen, Alexander zuliebe, ihrem gemeinsamen dreijährigen Sohn. Aber er musste akzeptieren, dass Karos neuer Freund auch dabei war. Das war bei Karo so, sie konnte nie lange allein sein. Von Meiberger zu Nepo, von Nepo zu Christian. »Scheiß auf Christian«, murmelte Nepo. »Scheiß auf dich und den Mercedes, in dem du gekommen bist.«

Nepo konzentrierte sich wieder auf das Bier und spürte, wie der Alkohol eine erste leichte Brise durch seine Stirn zog. Das Piepsen seines Handys durchbrach den Moment. Scheiß Technik. Scheiß Welt, die sich weiterbewegt. Nepo schaute auf das Display, und als er »MEIBERGER« las, leerte er das Bier mit einem Satz.

Es mag ungewöhnlich scheinen, aber dass Nepo Alkoholiker war, wusste er selbst nicht. Ebenso wenig wie er wusste, dass das Karzinom in seiner Leber bösartig war und seine Schmerzen beim Wasserlassen von einem streuenden Tumor kamen. Hätte er es gewusst, dann hätte es allerdings auch nichts geändert. Es zählte der Moment, das Hier und Jetzt. Traurige Gefühle, die musste man wegtrinken, so schnell wie möglich.

Meiberger ließ es ein zweites Mal klingeln, und diesmal hob Nepo ab. Der Psychologe hielt sich nicht mit Begrüßungsfloskeln auf, er wollte schon im ersten Satz wissen, ob Nepo sich noch an den Mordfall vom letzten Jahr erinnerte, ein ermordeter Mechaniker, dem Engelsflügel eingeritzt worden waren. Nepo wollte eigentlich fragen, woher Meiberger das wusste, aber die Zeit drängte wohl, also beschäftigte er sich eher damit, was Meiberger nicht wusste. »Es war kein einzelner Fall, es war eine Fallserie.«

Meiberger stockte. Dann erzählte er Nepo von der Krone, die man auf der Leiche am Untersberg gefunden hatte. Nepo, dem man dieses Detail noch nicht mitgeteilt hatte, schimpfte den zuständigen Beamten einen Vollkoffer. Meiberger, der wusste, dass dieser Vollkoffer Bacher war, konnte Nepo da nur zustimmen.

Nepo waren in dieser Sekunde drei Dinge klar. Erstens, er musste den Akt über die Eisleiche von diesem Bacher sofort anfordern lassen, zweitens, er würde ihn dabei am Telefon so zur Sau machen, dass er freiwillig grunzen würde. Und drittens, er musste Meiberger in den Fall aus dem letzten Jahr jetzt vollumfänglich einweihen. Als Nepo die Alkoholwolken aus seinem Kopf abschüttelte und begann, die Fakten aufzuzählen, zückte Meiberger seinen Block und schrieb buchstäblich mit.

Es waren drei Morde gewesen, und zwar drei geplante. Die ersten beiden waren der Mechaniker und eine junge Frau, die laut Rekonstruktion erst mehrere Tage festgehalten und dann ermordet worden waren. Sie mussten gut behandelt worden sein, sie wiesen keinerlei Zeichen von Missbrauch oder Vernachlässigung auf. Das dritte Opfer war ebenfalls eine Frau, und zwar die, die die beiden anderen Leichen gefunden hatte. Ob ein weiterer Zusammenhang zwischen den dreien bestand, hatte nicht genauer eruiert werden können.

»Finders Keepers«, warf Meiberger ein.

»Wos?«, schoss Nepo zurück. Er war ehrlich verwirrt, schon wieder so ein englischer Ausdruck, wo Meiberger doch genau wusste, dass …

»Das Finders-Keepers-Syndrom!«, unterbrach Meiberger Nepos Gedankengang erneut. »Das Phänomen, dass Täter, die den Tatort für den Fund visuell aufbereiten, auch den Finder des Opfers als Teil des Gesamtkunstwerks ansehen und ihn ebenfalls ermorden.«

Nepo kippte ungläubig den Rest des Biers. »So was gibt's?«

»Es gibt alles, Nepo. Aber wie gesagt stellt das eine Zur-Schau-Stellung des Opfers voraus. Gab es die?«

Genau dem Thema hatte Nepo eigentlich entgehen wollen, denn es bedingte einen Umstand in Hinblick auf die Morde vom letzten Jahr, der nur einem kleinen Kreis von Beamten bekannt war. Etwas, das so mysteriös war, dass man es lieber für sich behielt, weil sonst irgendein Spaßvogel es an die Presse weitergab. Selbst im leicht angetrunkenen Zustand waren Nepos Instinkte noch intakt, und er hätte die Information nicht rausgegeben, auch nicht an Meiberger, wenn es nicht weiter notwendig gewesen wäre. Aber notwendig, das war es jetzt.

Der junge Mann, der letztes Jahr entführt worden war, der Mechaniker, hatte lockig blondes Haar und blaue Augen gehabt. Er sah aus wie ein Engel, und so war er auch drapiert worden, als man ihn in der Scheune fand, mit besagten auf dem Rücken eingeritzten Flügeln. Die Jugendliche war ein unscheinbares Mädchen von natürlicher Haarfarbe und Ausstrahlung gewesen. Auch sie war verkleidet. Und so, wie die beiden gefunden wurden, erinnerten sie an die Jungfrau Maria und an den Erzengel Gabriel.

Meiberger musste die auf der Stirn des heutigen Opfers eingeritzte Krone nicht nochmals erwähnen, um Nepo klarzumachen, dass sie somit die Bestätigung hatten: Es handelte sich aller Wahrscheinlichkeit nach um denselben Täter. *»Denselben, nicht den gleichen«*, schnatterte Meibergers Volksschullehrerin sogleich in seinem Kopf, während sich eine zentrale Erkenntnis breitmachte: Wenn Gabriel letztes Jahr Maria die baldige Empfängnis verkündet hatte und sich nun der erste der Heiligen Drei Könige mit seiner Gabe, Maries Teddy, auf den Weg gemacht hatte, dann konnte Maries Entführung nur eines bedeuten: Sie war das Christuskind. Ganz nach der biblischen Weihnachtsgeschichte, die an Heiligabend ihren Höhepunkt fand. Was für ein perfides Schauspiel hatte der Täter da eigentlich im Sinn? Sogleich formten sich in Meibergers Gedanken die Umkehrschlüsse dieser Erkenntnis.

Der erste Umkehrschluss war ein zumindest teilweise beruhigender. Wie Nepo angemerkt hatte, waren der junge Mechaniker und die Frau bis zur Tat auffallend gut behandelt worden, das hatte die Obduktion ergeben, sie hatten gut zu essen und zu trinken bekommen und wiesen keinerlei Spuren von Misshandlung auf. Zudem waren sie erst kurz vor dem Auffinden ermordet worden. Was bedeutete, dass auch die kleine Marie höchstwahrscheinlich noch lebte, man sie gut behandelte und dass das bis zum 24. auch so bleiben würde.

Der zweite Umkehrschluss war leider ein beunruhigender. Wenn Meibergers Vermutung stimmte und der Täter tatsächlich ein weihnachtliches Krippenspiel mit seinen Opfern veranstaltete, dann ergab das eine brennende Frage: Wo waren die anderen beiden Könige, die sich ja ebenfalls über den Berg auf den Weg machen mussten?

Der dritte Umkehrschluss, der in dieser Sekunde durch den Kopf des Psychologen raste, war mit Abstand der beunruhigendste: Wenn die Theorie des Finders-Keepers-Syndroms bei diesem Täter zutraf, dann gab es zwei Menschen, die gerade in akuter Lebensgefahr waren: die Finder des Heiligen Königs, Bergsteigerin Eva Bucher und ihr Freund Karl Püber.

10

Eva wusste zu diesem Zeitpunkt noch nicht, dass sie bereits vom Täter beobachtet wurde. Sie war voll darauf konzentriert, bunte Spielzeugschachteln und einladende Parfümkisten in schimmerndes Geschenkpapier zu verpacken, das innen silber und außen mit festlichen Motiven bedruckt war. Ihre Jobbeschreibung hatte sich ebenso festlich gelesen, deutlich festlicher jedenfalls als die neun Euro Mindestlohn die Stunde. Brutto. Hinter ihr piepsten die Kassen wie wahnsinnig gewordene Hyänen, und vor ihr lag trotz fortgeschrittener Uhrzeit im Minutentakt ein neues Geschenk auf dem weiß lackierten Holztisch, das es für die Kunden hübsch zu verpacken galt. Dabei war der Teil mit dem Geschenkpapier noch der einfachere. Irgendwann hatte man sich eine gewisse Technik des Faltens und Zuklebens mit den immer verlässlichen Klebebandstreifen angeeignet, aber die Schleifen, die waren eine Herausforderung. Wenn die Schleife dem Kunden nicht mittig genug war, wurde reklamiert, und wenn Eva sich beim Tranchieren der Schleifenenden mit der Scherenseite schnitt, was nicht gerade selten passierte, durfte sie nicht fluchen und schon gar nicht bluten, das war schließlich nicht festlich. Es mag nach einer harmonischen, vorweihnachtlichen Tätigkeit klingen, Geschenke in buntes Papier zu kleiden, aber unter enormem Zeitdruck nutzlose, völlig überteuerte Luxusprodukte für Fremde zu verhüllen, war im Gesamterlebnis dann wiederum alles andere als festlich. Und sie konnte sich nicht einmal ablenken, denn Handys waren bei der Arbeit verboten, telefonieren generell. Man konnte nur den Geschäftsanschluss anrufen – was ein Beamter in diesem Moment versuchte. Im Vorweihnachtstrubel ging aber natürlich niemand ran, nur das alte Neunzigerjahre-Band, das wie so vieles in dieser Region trotz aller Neuerungen immer noch analog war und einen das mit krächzendem Tonfall wissen ließ.

Zur selben Zeit brausten vom Polizeiposten Anif zwei Einsatzwagen mit Blaulicht los, einer unterwegs zu Karls Arbeitsplatz bei der Bergwacht und ein zweiter unterwegs zu Eva. Womit die Beamten nicht rechnen konnten, war der Umstand, dass der Täter sich längst von Eva abgewandt und die Tat auf später verschoben hatte. Er war ein analytischer Planer, und wenn zu viele ungewisse Faktoren zusammenkamen, so wie hier in diesem Einkaufszentrum, dann war ein Vorhaben schon mal abzubrechen. »Aufgeschoben ist nicht aufgehoben«, hatte seine Mutter immer gesagt, und daran dachte er in stillem Gehorsam, als er sich emsig auf den Weg machte. Es gab ja noch etwas anderes zu tun.

Ein paar Minuten später kam Inspektor Bacher bei der Bergrettung in Grödig an, wo er, seinen Schnauzer autoritär in die Höhe streckend, fragte, wo Karl sich aufhielt. Als Bacher umgehend herausfand, dass Karl seine Stelle bei der Bergrettung wegen Budgetkürzungen verloren und somit keinen Dienst mehr hatte, war er insgeheim schadenfroh. Sein Nebenbuhler war ein Verlierer. Aber in Wahrheit war Bacher der Verlierer. Denn seinen Job, Karl zu schützen, würde er spektakulär versemmeln.

Der Einzige, der wusste, wo Karl war, war der Täter. Weil er der Percht war und Karl seine Beute, die er jetzt jagte.

11

Karl lief. Er lief, so schnell er nur konnte, so schnell, wie er noch nie in seinem Leben gelaufen war. Die eisige Luft stach scharf in seiner Lunge, seine Beine brannten und fetzten den Schnee in alle Richtungen, als er versuchte, schneller zu sein als der Verfolger, der ihm mit der Geschwindigkeit eines Raubtiers nachsetzte und Meter für Meter aufholte. *Nicht stehen bleiben, nur nicht stehen bleiben …* Mit jedem Schritt drohte Karl auf dem Eis auszurutschen. *Nicht hinfallen …* Karl hörte, wie die Schritte näher kamen. Sein Verfolger war unmenschlich schnell.

Karls Atem pulsierte in erstarrenden Rauchschwaden um sein Gesicht, er drehte sich nicht um, konzentrierte alle Kraft auf seine Schritte. Es war der Tod, der ihm auf den Fersen war. Karls Augen suchten im Laufen Schutz. Am Hügel vor ihm blitzte die Baumallee vor der Ortseinfahrt von St. Leonhard auf. Wenn er es schaffen würde, die Bäume zu erreichen, dann … Da wurde Karl mit einer Kraft zu Boden gerissen, die unmenschlich war. Seine Arme konnten den Sturz nur knapp abfangen, Stein und Eis schnitten in seine Hände. Karl spürte, wie sein Wangenknochen am Gestein aufschlug und ein dröhnendes Taubheitsgefühl seine Ohren und seinen Schädel erfasste.

Hinter ihm bäumte sich eine Gestalt auf, die aus nichts als Wut und Aggression zu bestehen schien.

Karl wusste, dass er nur eine Chance hatte. Dass sein Überleben von dieser einen Sekunde abhing. Von dieser einen Bewegung.

Karl fand mit dem Fuß Halt und sprang zurück auf die Beine. Die Gestalt schien das vorausgesehen zu haben, holte zum Schlag aus, aber Karl war schneller.

Er packte die Hand des Angreifers und stürzte sich auf ihn, mit aller Kraft, die er aufbringen konnte. Sein Gegenüber verlor das Gleichgewicht. Er fiel nach hinten und schlug hart am Eisboden auf.

Karl schrie. Mit aller Kraft schlug er nach dem Angreifer, hämmerte auf dessen Körper ein, spürte den Widerstand der Knochen in seinen Fäusten, den Schmerz, der ihm mit jedem Schlag in den Sehnen brannte, das Adrenalin, das seinen Körper zum Pulsieren brachte – als der andere plötzlich etwas vom Boden aufhob und ausholte. Im Bruchteil einer Sekunde erkannte Karl den Gegenstand, der ihm selbst beim Sturz aus dem Rucksack gefallen sein musste. Das spröde Holz, der spitze Stiel. Es war sein Eispickel, der … Karl schrie. Der Schmerz jagte durch seinen Körper wie eine Stichflamme, verschlang jeden Gedanken.

Karl schlug mit dem Rücken am Gestein auf, dann fühlte er – nichts mehr. Er begriff nicht, dass der Eispickel sich in seine Brust gebohrt hatte. Dass das warme Wasser, das im Pulsschlag seines Herzens aus der Wunde strömte, kein Wasser war, sondern sein Blut. Karl spürte nur noch das kalte Pochen, das sich überall ausbreitete. Erst wurde sein Bauch kalt, dann der ganze Oberkörper. Die Kälte erfasste seinen

Hals, und erst jetzt begriff Karl, was gerade passierte. Und dann war nur noch ein letzter Gedanke in seinem Kopf.

Eva.

Kapitel II

RAUNACHT

1

Als der Teufel noch klein war, da hatten die Fenster keine Vorhänge. Die Straßen fanden kein Salz, und das Eis war der Tod. Scharf waren sie, die Ausstecher. So scharf, dass man sich daran hätte verletzen können. Wenn er die Kekse zu hastig aus dem Teig gestochen hatte, dann brachte er sie um. Dann konnten sie nicht ins Licht. Das Weiß aus dem Ofen und der Duft, das war am schönsten. Weihnachten. Das war was. Als der Teufel noch klein war.

2

Die Schlussfolgerung, die sich durch den Fund von Karls Leiche in Meibergers Kopf formte, war ebenso logisch wie beängstigend. Die Entführung des Mädchens war nicht mehr ihr prioritäres Problem, denn wenn es derselbe Täter war, dann würde er gerade sein nächstes Opfer holen. Eva war in Sicherheit, die Polizei hatte sie, nachdem sie im Krankenhaus psychologisch betreut worden war, inzwischen auf den Posten gebracht. Die Mutter der kleinen Marie war durch zwei Salzburger Beamte unter Polizeischutz gestellt worden. Aber es gab noch die anderen Figuren im Krippenspiel, zwei Könige und …

Meibergers Gedanken wurden durch eine Ansage von Nepo unterbrochen. »Du bist raus. Eine Kollegin übernimmt die Beratung ab jetzt.«

Meibergers Gesicht sah aus, als ob ihm gerade jemand mit einer Glühzange eine urologische Untersuchung verpasst hätte. Fassungslosigkeit und Schmerz mischten sich mit Empörung auf seinem Gesicht, die ihn, den Mann mit dem »starken Mitteilungsbedürfnis« oder Logorrhö, wie sein Psychologenfreund Alex es gern ausdrückte, sprachlos werden ließ. Das bot Nepo die Chance, nüchtern die Tatsachen zusammenzufassen: Karl war ein Toter zu viel. Es brauchte einen Sündenbock, also wurde der externe Berater gefeuert. Die Kollegin, nebenbei bemerkt eine wirklich gute

»Bekannte« des Direktors der Landespolizeidirektion, würde an Meibergers Stelle treten und das bestimmt ebenso hervorragend machen. Sie hatte das Vertrauen der Kripo.

Auf Meibergers Frage, welche Referenzen besagte Kollegin hätte, erwiderte Nepo, sie habe letztes Jahr einen Fall als Gutachterin betreut, das wäre auch eine Entführung gewesen. Meiberger kannte den Fall, aber er sah ihn nicht als Referenz. »Die ›Entführung‹ war ein Vater, der sein Kind verspätet vom Wochenende zurückgebracht hat. Das mit unserem aktuellen Fall gleichzustellen, ist so, als ob man sagen würde, eine Sau und ein Walfisch sind das gleiche Tier, nur weil sie beide blad und deppat san.«

Nepo überlegte, ob er die erwiesene überdurchschnittliche Intelligenz von Mastschweinen im Vergleich zu Tieren ähnlicher Größe anführen sollte, entschied sich aber dagegen. Stattdessen probierte er es mit einer Methode, die in Beamtenkreisen immer dann zur Anwendung kam, wenn ein leidenschaftliches Element die strikten Vorgaben zu stören schien. Man machte aus der Emotion eine Schwäche. »Dass du so reagierst, lieber Meiberger, das zeigt doch nur, wie überarbeitet du bist.«

Meiberger stellte sich vor, wie er Nepo den Kopf abriss, damit Fußball spielte und abschließend darauf urinierte. Als ob er seine Gedanken lesen könnte, verzog Nepo das Gesicht und versicherte Meiberger, dass er die Kollegin auch gar nicht einzuarbeiten bräuchte, sie würde das alles aus dem Stegreif schaffen. Das war der Tropfen, der für Meiberger das Fass endgültig zum Überlaufen brachte. Er explodierte. Nicht buchstäblich, aber fast. Ja, er war der Gerichtspsychologe, ja, er hatte sich normalerweise perfekt unter Kontrolle, aber diese verdammte Situation, die war sehr weit weg von »normalerweise«. Das hier war immerhin kein Kindergeburtstag, hier ging es um etwas Wichtiges! Meiberger war auf der Spur eines Entführers und Mörders! Und eine »Kollegin« von außerhalb und ohne Vorkenntnisse sollte den Fall übernehmen und er von heute auf morgen vor die Tür gesetzt werden? Und das nur, weil sie eine gute Bekannte des Direktors war?

Ja, genau das wollte Nepo sagen, so war es. Meibergers Wut wich ehrlichem Schock. Er spürte, wie die Temperatur aus seinem Gesicht verschwand. Nach all dem, was er und die Kripo in den letzten Jahren durchgestanden hatten? Nachdem Meiberger in der Vergangenheit für Nepo ALLE ihm aufgetragenen Fälle erfolgreich gelöst hatte? Nachdem er Betrüger, Mörderinnen, Entführer und Geiselnehmer festgenagelt hatte, legte man seinen Fall nun ausgerechnet in fremde Hände, als ob er einfach so ersetzbar wäre?

Ganz Psychologe schluckte Meiberger jeden weiteren Protest hinunter, wusste er doch, dass er hier nichts mehr ausrichten konnte. Er verließ die LPD, und kaum trat er ins Freie, verpasste ihm auch der Wind noch eine Ohrfeige, sodass er wie ein geprügeltes Tier auf den Gehsteig stolperte. Für einen Moment fühlte er sich wie damals mit neun in der Volksschule in Itzling, wo er die erste wegweisende Demütigung seines Lebens erfahren hatte.

Um das zu verstehen, muss man folgende Bewandtnis kennen: In der Aula der Itzlinger Volksschule hatte es eine Fotowand gegeben, die die Höhepunkte sämtlicher schulischer Veranstaltungen dokumentierte. Auf einem davon fand sich Meiberger wieder, damals ein pummeliger, kleiner Junge mit Borstenschnitt. Übergewicht und Borstenschnitt waren leider keine fotogene Kombination, auch nicht für einen Neunjährigen, bei dem sich »noch alles verwächst«. Seine Volksschullehrerin, eine intrigante Gräte, hatte einen abfälligen Kommentar losgelassen, der die umstehenden Halbwüchsigen dazu befeuerte, sich ebenfalls lustig zu machen. Von da an war Meiberger nur mehr der »Schweini-Tommi«, den alle in der Klasse pflichtbewusst hänseln mussten, mal vehement, mal beiläufig.

Da sich diese »kleine Sache unter Kindern« nicht einfach von selbst gab, versuchte er es, wie sein Großvater sagte, »wie ein Mann« zu nehmen, nur ist das mit neun schon aus biologischen Gründen sehr schwer. Dann versuchte er es mit einem Rat seines Vaters Lorenzo, der als Magier selbst oft kränkendem Spott ausgesetzt war. Der erklärte ihm, dass man so einer Situation am besten mit einem Ablenkungsmanöver begegnete. Meiberger, der schon als kleiner Junge gut zeichnen konnte, hatte eine zündende Idee: Er würde ein Porträt der Lehrerin mit einem Schweinegesicht anfertigen. Diese Miss-Piggy-Zeichnung würde er durch die Klasse wandern lassen, und am Ende würden alle über die Lehrerin lachen, nicht über ihn. Er wäre nicht mehr der »Schweini-Tommi«, sie wäre die »Schweini-Lehrerin«.

Natürlich flog alles auf. Besagte Volksschullehrerin zerrte Meiberger buchstäblich zur Direktorin, und diese zog tatsächlich einen Schulverweis in Betracht. Als Meibergers Mutter verzweifelt für ihn vorsprach, ließ die Direktorin sich dazu breitschlagen, ihn an der Volksschule zu behalten, unter einer Bedingung: Er musste zur Schulpsychologin, die entscheiden würde, ob er sich angemessen benehmen könne oder in eine Sonderschule müsse. Meiberger fand das damals schon mehr als leicht übertrieben. Man wollte seine schulische Laufbahn wegen einer einzigen Karikatur knicken? Dann musste sie verdammt gut gewesen sein, ein Grund, stolz auf sich zu sein.

Genau das hatte er auch der Psychologin gesagt. Und das sich daraus entspinnende Gespräch mit ihr hatte weitreichende Folgen für seine Zukunft, denn es machte dem Neunjährigen klar, dass es genau das war, was er in seinem Leben machen wollte. Diese Frau hatte die faszinierende Fähigkeit, direkt in Menschen hineinsehen, ihre Verhaltensmuster vorhersagen und sie mit einem Blick durchschauen zu können, und das wollte er auch. Vierzig Jahre später war er an diesem Ziel angekommen. Er hatte Serienmörder und Entführer aufgehalten, Bombenleger und Bankräuber geknackt.

Und das alles nur, um jetzt aus reiner Willkür von einer »Kollegin« ersetzt zu werden? Der liebe Gott hatte einen schrägen Sinn für Humor.

3

Eva konnte ihr Herz in ihren Ohren schlagen hören. Inspektor Bacher hatte sie unter Polizeischutz vom Posten in die Pathologie gebracht, wo zwei Mitarbeiter jetzt einen Körper abdeckten, den Eva identifizieren musste. Sie sah den Körper nicht. Registrierte ihn nicht. Alles, was sie sah, waren Karls blaue Augen. Sie waren leer. Etwas war daraus verschwunden. Evas Beine gaben nach, sackten zusammen, sie prallte mit den Knien auf den Fliesenboden, registrierte den brennenden Schmerz in den Gelenken, fühlte ihn aber nicht. Sie fühlte gar nichts. Auch nicht Bachers Hände, die ihr beherzt unter die Arme griffen und sie hochzogen. Evas Blick blieb starr auf den leblosen Körper vor sich gerichtet, der einmal die Liebe ihres Lebens gewesen war. Eva hörte jetzt auch ihr Herz nicht mehr, sie hörte gar nichts mehr, alles, die ganze Welt um sie herum wurde schwarz.

Dass Bacher sie hinausführte, bekam sie ebenso wenig mit wie den Weg vom Krankenhaus zu seinem Einsatzwagen. Sie hatte keine Erinnerung mehr daran, wie Bacher ihr Karls Rucksack in die Hand drückte oder wie er ihr in breitem Dialekt erklärte, dass er Karl auf seiner Runde mit der Bergwacht gefunden hatte. Bacher war ihr Polizeischutz, er würde die Umgebung genau beobachten und bei ihr im Haus bleiben. Eva erinnerte sich, dass sie ihn angeschrien hatte, nicht in Worten, nur in Tönen, und wie er sich danach in sein Auto verzog. Sie schloss die Tür ab, wusste aber später nichts mehr davon, wie sie angefangen hatte, den Tisch abzuräumen, der noch vom Frühstück gedeckt war.

Ihr Verstand kehrte erst wieder in die Gegenwart zurück, als ihr einer der Teller aus der Hand glitt und mit einem schrillen Knall am Küchentisch zersprang. Es war das schlimmste Geräusch, das sie jemals gehört hatte. Wie der Schrei eines Sterbenden. Und der Sterbende war kein Teller, es war Karl. Er hatte geschrien. Er hatte Angst gehabt. Und er war brutal ermordet worden. In Evas Kopf formten die Fakten sich zu Bildern, die sie in tausend Jahren nicht in Worte hätte fassen können. Aber sie konnte sie fühlen. Eines nach dem anderen.

Evas Beine gaben bei dem Gedanken nach, dass der Bursche, der im Schulbus jeden Tag neben ihr gesessen hatte, jetzt leblos auf einem Untersuchungstisch lag. Ihr Körper krümmte sich bei der Erinnerung an sein Lächeln am Morgen, sein Pfeifen, wenn er nach Hause kam. Ihr Kopf schlug hart auf dem Küchenboden auf, und sie wünschte sich mit aller Kraft, dass der Schlag ihr Bewusstsein auslöschen würde. Aber das passierte nicht. Sie versuchte aufzustehen, es gelang ihr erst beim zweiten Mal, das Blut war so warm auf ihrer Stirn, dass sie sich kurz wunderte, es dann aber wegwischte, so wie man Schweiß wegwischt, der einem in den Augen brennt. Sie ging zur Garderobe, zu ihrer Handtasche, wusste dort nicht mehr, warum, fand dann eine Erinnerung in ihren kreisenden Gedanken: die Oberärztin, die Eva im Krankenhaus Tabletten aus ihrem Medikamentenschrank gegeben hatte. »ANTHRAPIL« stand in großen Lettern auf der Packung. »Nur ein Stimmungsaufheller, ein mildes Psychopharmakon. Aber nicht mehr als eine pro Tag.«

Eva drückte eine Tablette aus dem Blister, nahm sie ungekaut, ohne Wasser, dann die zweite und die dritte. Sie schluckte jede einzelne Tablette aus der Packung runter, wippte dabei in der Hocke, wurde aber immer langsamer, wie ein Kreisel, der sich am Boden dreht, ein Stehaufmännchen, das nicht mehr aufstehen kann. Bei der letzten Tablette plätscherte Dunkelheit in Evas Sichtfeld.

Kleine schwarze Tropfen, die ihre Augen durchfuhren wie Wasser, das feuchtes Papier zersetzt.

Sie wünschte sich zu sterben.

Aber den Gefallen tat ihr das Leben nicht.

Währenddessen saß Inspektor Bacher keine hundert Meter entfernt in seinem Streifenwagen und realisierte, dass es doch keine so gute Idee gewesen war, sich freiwillig als Polizeischutz für Eva zu melden. Er hatte die Situation nutzen wollen, um sie zu trösten, ihr ein wenig näherzukommen. Vielleicht sogar eine kleine Nummer zu schieben. Dass dieser Gedanke für jeden normaldenkenden Menschen jenseits von Gut und Böse war, kam Bacher ehrlicherweise nicht in den Sinn. Er hatte schon lange aufgehört, seinen moralischen Kompass in seinen Eingeweiden anzuschalten. Und so hielt es Bacher, allein und gelangweilt im Streifenwagen, in der Sekunde, in der Eva sich der Dunkelheit hingab, für das Beste, ein wenig die Augen zu schließen und seine Enttäuschung über den Ausgang des Abends in einem kleinen Schläfchen zu betäuben.

4

Meiberger hatte vielleicht keinen offiziellen Auftrag mehr, aber er würde nicht zuschauen, wie die liebe Exekutive die Sache verbockte. Als er jetzt im Kinderzimmer der kleinen Marie stand, blickten die Stofftiere ihn mit einer Enttäuschung an, als ob er vor dem höchsten Gericht stehen würde: die vorsitzende Richterin Püppchen mit ihren Geschworenen, einem übergewichtigen Plastikschwein und seinem zu oft gewaschenen Freund, der Stoffmaus. Keine Chance. Er hatte es verbockt. Das Glasbild des Weihnachtsmannes am Schreibtisch würde nie fertig werden, und die Schokolade aus dem Adventskalender in der Ecke würde niemand essen. Marie war weg, und man hatte Meiberger den Fall entzogen. Hätten die Uniformierten an der Tür das gewusst, sie hätten ihn gar nicht in die Wohnung gelassen.

Dass Meiberger der Fall des verschwundenen Kindes so naheging, hatte einen ganz bestimmten Grund. Meiberger hatte selbst ein Kind verloren, seinen siebzehnjährigen Sohn Patrik, der eines Tages einfach nicht mehr von der Schule nach Hause gekommen war. Das war jetzt zwei Jahre her. Bis heute gab es diverse Theorien zu Patriks Verbleib. Nur Gewissheit gab es keine.

Meiberger, der in tausend Jahren nicht akzeptieren würde, dass seinem Sohn etwas Ernsthaftes zugestoßen war, klammerte sich an die Theorie, dass Patrik dem Schuldruck nicht mehr standgehalten hatte und abgehauen war. Meibergers Ex-Frau Karo war in diesem Punkt ausnahmsweise seiner Meinung, aber in Wahrheit wussten beide, dass eine andere Option die wahrscheinlichere war, auch wenn sie sich diese nicht eingestehen konnten. Die Option nämlich, von der Nepo ausging: dass Patrik Opfer eines Gewaltverbrechens geworden war, vermutlich eines Raubmordes. Dafür sprach der gefundene leere Rucksack, aus dem das Geld fehlte, sowie Patriks Blutspuren am Träger. Als Nepo – der zu der Zeit nicht nur der ermittelnde Kripobeamte, sondern auch Karos Mann war – ihr den Sachverhalt beizubringen versuchte, hatte sie ihn vor die Tür gesetzt.

Nepos Weigerung, sich mit Karo und Meiberger auf die Theorie des »entlaufenen Siebzehnjährigen« zu versteifen, hatte ihn seine Ehe gekostet. Und zunehmend einen Teil seines Verstandes, denn auch an ihm war die Sache nicht spurlos vorbeigegangen. Insgeheim wusste Meiberger, dass Nepo seit Patriks Verschwinden psychologische Auffälligkeiten zeigte. Abgesehen davon, dass er Alkoholiker war und sich in kulinarische Fressorgien flüchtete, wann immer er konnte. Ein Gutachten von Meiberger, und Nepo wäre den Job als Kripochef los gewesen. Aber Meiberger würde so etwas nicht tun. Anders als Nepo, der ihn kurzerhand rausgeworfen und durch eine Kollegin ersetzt hatte, würde Meiberger seine alten Mitstreiter nie ans Messer liefern.

Meibergers ursprünglicher Plan war, mit Maries Mutter noch einmal in Ruhe zu sprechen und so eventuell weitere Rückschlüsse ziehen zu können. Aber den hatte er ohne Kenntnis der Tatsache ausgeheckt, dass Maries Mutter bereits bis oben hin voll mit Stimmungsaufhellern war. Die Chance, dass sie noch etwas Vernünftiges von sich geben würde, tendierte gegen null. Das galt für viele Menschen, nicht zuletzt den amerikanischen Präsidenten, aber im Gegensatz zu Mr President hatte Maries Mutter die Ausrede, dass sie irgend ein übermotivierter Hausarzt mit Tabletten ruhiggestellt hatte, die selbst ein Rhinozeros auf einen ordentlichen Trip geschickt hätten. Meiberger fragte sich, seit wann es zum Standardprozedere verkommen war, Menschen in traumatischen Situationen unter Drogen zu setzen. Der Effekt war nämlich ein fataler.

Wenn die Betroffenen zu viel nahmen, und das taten sie meistens, konnten halluzinogene Effekte zutage treten, die heftiger waren, als sich das ein Mediziner, dessen stärkste Droge der Weinbrand war, überhaupt vorstellen konnte. Meiberger hatte es nie selbst erlebt, zum Glück nicht, dafür hatten ihm Patienten Dinge beschrieben, vor denen sich ein Edgar Allan Poe unter der Bettdecke verkrochen hätte. Aber selbst ohne diese Nebenwirkungen hatte das Ganze auch in ermittlungstechnischer Hinsicht einen höchst unerwünschten Effekt – den die tatsächlich ermittelnden Beamten allerdings überhaupt nicht wahrnahmen.

Maries Mutter konnte ihnen zwar viel erzählen, aber de facto nichts, was vor Gericht standhalten würde. Die meisten Krimineser hatten ohnehin keine Ahnung, wie man Befragungen ordnungsgemäß durchführte. Sie stellten bei Vernehmungen am laufenden Band Suggestivfragen, höchst unzulässig, und eben deshalb brauchten sie ihn. Sie hätten ihn nicht von dem Fall abziehen dürfen, nicht so kurz davor und … Gerade als seine Gedanken wieder ins Schlingern gerieten, wurde es im Nebenzimmer laut.

Dort versuchte gerade Daniel Tettmann, seiner Anspannung Luft zu machen. Er war der Vater der kleinen Marie, und er durfte sich bereits seit über einer Stunde von seiner Ex-Frau in Dauerschleife anhören, dass sie seine Hilfe nicht wollte. Nicht einmal hierhaben wollte sie ihn. Daniel wurde wütend. Sie hatte ihn nach der Scheidung vor zwei Jahren komplett von Marie abgeschottet, und obwohl es aus juristischer Sicht weder Ehebruch noch andere Verfehlungen von seiner Seite gegeben hatte, hatte man das alleinige Sorgerecht Maries Mutter zugesprochen. Daniel hatte keine Chance, er durfte seine Tochter nicht mal sehen. Hätte die Polizei ihn nicht verständigt, wüsste er nicht mal, dass Marie verschwunden war. Seit dem Anruf des Polizisten war Daniel durchgehend wach gewesen. Der Kaffee zeigte keine Wirkung mehr, und wenn er sich noch einen einzigen Espresso reinziehen würde, würde er sich härter übergeben als ein Alkoholiker im Ringelspiel. Er redete weiter auf seine Ex ein, sagte, dass er weiterkämpfen würde, weitersuchen, weil das ihre Pflicht als Eltern war. Dass am Ende nichts anderes zählte als Marie.

Daniel fiel dabei einer dieser alten Elvis-Songs ein, die seine Mutter immer am Plattenspieler laufen ließ, als er noch klein war. Jetzt glitt die Melodie durch seinen Kopf, und er hörte, wie Elvis sang, sich nichts gefallen zu lassen, weiter zu kämpfen, auch wenn es hart wird, das zu tun, was getan werden muss, ohne Rücksicht auf Verluste.

Daniel redete immer weiter auf Maries Mutter ein, die von den Psychopharmaka des Hausarztes zu ruhiggestellt war, um überhaupt noch großartig auf ihn reagieren zu können, das aber auch gar nicht wollte. Sie hasste ihn, machte ihn für alles verantwortlich, was in ihrer Ehe schiefgelaufen war. Je vehementer Daniel versucht hatte, Kontakt zu seiner Tochter zu haben, desto ablehnender war sie geworden, schon aus Prinzip.

Meiberger, der jetzt das Zimmer betrat, merkte sofort, dass die beiden zu sehr in ihren Streit vertieft waren, um ihn zu bemerken. Er ging zum Schreibtisch in der Ecke und nahm ein paar Büroklammern, womit er zumindest einen kurzen, irritierten Blick erntete. Sofort ging der Streit weiter, aber Meiberger ließ sich nicht beirren, er steckte die Büroklammern in der Mitte zusammen, die jetzt wie ein Kreuz aussahen, nahm dann ungefragt Daniel Tettmanns Hand und legte sie darauf.

Maries Mutter und ihr Ex-Mann verstummten. Meiberger nutzte den Moment und forderte Daniel auf, die Büroklammern auseinanderzuziehen. Der sah seine Ex-Frau fragend an, sie zuckte mit den Achseln, und für einen Moment hatte Meiberger tatsächlich das geschafft, worum es ihm ging: Er hatte den Streit beendet. Daniel, der ausgelaugt und dankbar für die »Pause« war, zog die Büroklammern wie befohlen auseinander und hielt plötzlich zwei Herzformen in der Hand.

Meiberger fing seinen verwunderten Blick auf, der Tonfall war ruhig.

»Egal was zwischen Ihnen beiden war. Es gab früher einen Moment, in dem Sie beiden sich …« Meiberger machte eine bewusste Pause. »… näher waren. Wenn Sie das tun wollen, was für Ihr Kind am besten ist, dann nutzen Sie die Erinnerung, um sich respektvoll zu begegnen. Damit helfen Sie Marie am meisten.«

Daniel schluckte betroffen, bei Maries Mutter dagegen, die bis zur Stirn voll mit Tabletten war, schien die Ansprache keinerlei Wirkung zu haben. Sie warf die Büroklammer auf den Boden, und Meiberger war klar, dass er hier nichts mehr tun konnte.

Als er wenige Minuten später durch den krachenden Neuschnee zu seinem Auto stapfte, folgte ihm Daniel Tettmann noch, sichtlich nervös. Er wollte wissen, was die Kripo ihm nicht gesagt hatte, ob es einen Hinweis gab, irgendetwas, womit er arbeiten konnte. Er musste seine Tochter finden, konnte nicht einfach ruhig abwarten.

Meiberger entschied sich für die Wahrheit. Es gab derzeit nichts Konkretes. Er hatte als Reaktion einen emotionalen Ausbruch samt Schuldzuweisung erwartet, aber zu seiner ehrlichen Überraschung kam nichts dergleichen. Daniel nickte einfach nur, wie einer dieser Dackel, die man sich in den Sechzigern in die Autos gestellt hatte, und schlurfte zurück ins Haus.

Meiberger öffnete die vor Kälte protestierende Autotür, die krächzte wie splitterndes Eis, setzte sich in den Wagen und lehnte sich im Sessel zurück, wo er den depressiven Gedanken in seinem Kopf loszuwerden versuchte, der sich darin festgesetzt hatte. Nicht nur Nepo hatte damals Schaden genommen, auch Meiberger hatte seit Patriks Verschwinden einen leichten »Depscher« in der »Casa Mater«, wie sein alter Mentor Giovanni es ausgedrückt hätte. Meiberger zog sein Handy aus der Tasche, um die einzige Sache zu tun, die ihn über den Schmerz hinwegtrösten konnte, der ihm beinahe den Hals abschnürte. Meiberger wählte Patriks Nummer – und hörte einen Augenblick später die vertraute Stimme von Patriks Sprachbox, dem mobilen Anrufbeantworter, der sofort anging: »Mobilbox von Patrik Meiberger, Nachrichten nach dem Signalton.«

Meiberger wartete wie immer das laute »PIEP« ab und sprach dann los. Er machte das mittlerweile regelmäßig. Rief seinen Sohn an und erzählte ihm, was ihn beschäftigte. Dafür bezahlte er den Handyvertrag weiter, für diesen letzten digitalen Kontakt zu seinem Sohn, um Patriks Stimme am Leben zu erhalten. Alle paar Monate, wenn die Mobilbox vollgequatscht war, musste Meiberger sie über einen Anruf bei Patriks Provider leeren lassen. Um dann wieder Patriks Stimme hören und weiter erzählen zu können. Als Meiberger auflegte, zog er für einen Moment tatsächlich in Betracht, nach Hause zu fahren und sich vor der Welt zu verkriechen.

Aber dann sah er wieder die kleine Marie vor sich, die irgendwo festgehalten wurde und ihre Eltern vermisste. Meiberger hatte alle Varianten durchgespielt, und nachdem aus Maries Mutter nichts herauszubekommen war, gab es nur noch einen lebenden Menschen, der mit dem Täter zu tun hatte: Eva Bucher, die zweite Bergsteigerin. Ja, sie hatte auf der Polizeistation alles gesagt, was sie wusste. Aber vielleicht hatten sie etwas übersehen. Die Frau hatte heute ihren Freund verloren, sie würde ohnehin nicht schlafen, und so entschied sich Meiberger, trotz der späten Stunde zu ihr zu fahren. Vielleicht war sie noch wach, vielleicht wollte sie mit ihm sprechen. Meiberger löste die Handbremse, setzte zurück und machte sich auf den Weg zu Evas zwanzig Kilometer entferntem Haus in den Bergen.

In derselben Sekunde, als er vom Parkplatz auf die Straße einbog, war Meibergers Gegenspieler gerade bei ihrem Haus angekommen.

5

Er war ganz nah, konnte das Haus jetzt sehen, wie es einsam hier oben auf der Anhöhe zwischen den Bäumen lag. Seine Schritte brachten die Eisdecke auf dem frischen Schnee zum Knacken. Er liebte den Geruch des Winters, die Tannen, durch die er sich bewegte, waren Deckung und festliches Dekor zugleich. Und wie sie dufteten, die Tannennadeln. Das Mondlicht reflektierte. Er hatte vorgehabt, die Tür des Einsatzwagens zu umrunden, aber als er sah, dass der Polizist darin schlief, änderte er seine Meinung. Er ging direkt daran vorbei und auf das Haus zu. Bacher, leise schnarchend, bemerkte: nichts.

Keine hundert Meter entfernt, im Schlafzimmer des Hauses, lag Eva in ihrem Bett. Der Wecker am Nachtkasten schnitt Neonlettern in die Dunkelheit. 00:38 Uhr. Ihr Blick pendelte nach links, und die Zahlen verblassten nur langsam vor dem Fenster, hinter dem das Mondlicht die Bergspitzen anstrahlte, wie eine Discokugel die Tanzfläche. Evas Hand strich über die andere Seite des Bettes, Karls Seite. Ihre Gedanken waren früher eine gerade Linie gewesen, aber jetzt waren sie nur noch ein Knoten.

Ein Geräusch durchbrach die Stille. Es kam aus dem Untergeschoss. Ein dumpfer Schlag. Eva schnellte hoch. Aus Reflex, nicht aus Überlegung. Ihr Blick fiel durch das Fenster auf die Bergspitzen, die zu tanzen schienen. Eva musste lächeln, ein krankes, trauriges Lächeln, denn sie sah jetzt, wie der Mond ihr zuzwinkerte. »*Hallo Schatzerl …*«

Eva wunderte sich, dass der Mond so eine tiefe Stimme hatte und dass sie so laut war, immerhin war er ziemlich weit weg. Er zwinkerte ihr zu, aber es war kein Zwinkern der flirtenden Sorte, eher ein verstohlenes, schadenfrohes Zwinkern. »*Gleich wird's unheimlich. 3-2-1 und …*« Ein anderes Geräusch. Laufende Schritte. Im Untergeschoss.

Eva versuchte, ihren Verstand zu einem klaren Gedanken zu entwirren, um ihre Benebelung zu durchbrechen. Irgendjemand war im Haus. Und suchte sie.

Eva spürte, wie das Adrenalin ihren Körper mit Leben füllte, aber sie saß immer noch starr auf dem Bett, wusste nicht, ob es die Angst war, die sie lähmte, oder die Tatsache, dass sie bis zum Hals voll mit Beruhigungsmitteln war. Noch ein Geräusch, der Eindringling war jetzt an der Treppe.

Eva kniff die Augen zusammen, versuchte zu unterscheiden, ob das Geräusch real oder doch nur in ihrem Kopf war, als etwas ihre Augenlider aufdrückte. Es waren Finger, die über ihr Gesicht wanderten, sie gehörten dem Sandmännchen, das mit seiner Zipfelmütze und den Knopfaugen genauso putzig aussah wie im Fernsehen, aber doppelt so groß, es überragte Eva um einen Kopf. »*Lauf, Eva … Lauf aus dem Haus … Es ist jemand da, und der will dich holen …*«

»Karl IST TOT!«, schrie Eva das Sandmännchen an. »Karl ist tot, kapierst du das nicht?!«

Der Mund des Sandmännchens erstarrte zu einer flehenden Grimasse. Scharfe Zähne schossen plötzlich aus dem Mund hervor, sie schnappten wie ein wahnsinnig gewordenes Raubtier nach Eva, die vom Bett fiel und aufschrie. Bevor ihre Stimme brach und Heiserkeit die Verzweiflung besiegte. Die Gestalt neben ihr hatte keine Hände mehr, es waren Spinnenbeine, vier, nein sechs, Eva kniff die Augen zusammen, öffnete sie wieder, die Gestalt war verschwunden.

Aber die an der Treppe war noch da, und sie kam näher.

Eva konnte die Schritte jetzt genau hören.

TOCK – TOCK – TOCK.

Eva nahm ihre ganze Kraft zusammen, schaffte es aufzustehen. Sie humpelte auf tauben Füßen zur Tür und sah plötzlich ein erstarrtes Gesicht in der spröden Holzmaserung der Türplatte. Es hatte die Gesichtszüge der Leiche, die auf dem kalten Pathologietisch gelegen hatte, die aufgerissenen Augen von dem toten Körper, der einmal Karl gewesen war. Augen, die sie jetzt anstarrten. *»Lauf, Eva, lauf weg …«* Die Stimme des Toten krächzte aus der Tür, sein Gesicht schälte sich aus der Holzplatte, kam direkt auf Eva zu. Wieder kniff sie die Augen zusammen. Und die Stimme verstummte.

Eva beruhigte ihre Atmung. Da war nichts. Nur die Tür.

Eva griff nach dem Knauf, drehte ihn und lief los.

Sie stürmte die Treppe nach unten und wie in Trance bis in den Vorraum. Sie wollte zur Eingangstür – als sie ihn sah. Einen Schatten, der auf sie zukam. Eva blickte in die Augen des fleischgewordenen Teufels, der mit unmenschlicher Geschwindigkeit auf sie zurannte, mit polternden Schritten, die das Haus zum Beben brachten, dämonischen Augen, die den Tod brachten.

Evas Gedanken wurden ausgeschaltet. Der Selbsterhaltungstrieb übernahm. Sie lief so schnell, dass ihre nackten Füße am Boden aufplatzten, ins Nebenzimmer, sprang wie eine verrückt gewordene Puppe auf das Fenster zu, stieß es auf, stürzte in einen Schneehaufen, den sie beim Freimachen der Einfahrt am Vortag selbst aufgeschaufelt hatte. Die stechendste Kälte, die sie je gespürt hatte, lähmte ihre Muskeln, und trotzdem schaffte Eva es, sich auf die Beine zu stellen, weiter zu laufen.

Erste Erfrierungsanzeichen an den Zehen, ihr linker Fuß, vom Eis jetzt komplett taub geworden, knickte um, sie kippte nach vorne. Und wurde von zwei Händen aufgefangen.

Es waren die Hände eines Mannes, der von der Straße zu ihr gelaufen kam, hinter ihm die schützenden Lichter seines Autos. Es war Meiberger, der es im richtigen Moment zum richtigen Ort geschafft hatte. Während er Eva an sich drückte, die zitternd Halt und Wärme suchte, ihre Arme und Beine leuchteten bläulich im Mondschein, schoss sein Blick zum Haus. Direkt vor ihm in der Dunkelheit bewegten sich Umrisse, hielten inne.

Meiberger konnte kein Gesicht erkennen, aber er wusste, dass es der Täter war, der nur wenige Meter entfernt im Garten des Hauses stand. Wäre Meiberger zwanzig Jahre jünger gewesen, wäre er in dieser Sekunde einem Impuls gefolgt, der Evas und sein Leben mit ziemlicher Wahrscheinlichkeit beendet hätte. Er hätte den Täter angegriffen. Ohne die geringste Chance, die Situation zu kontrollieren.

Der Ausgang wäre kein heroischer gewesen. Er wäre vom Täter aufgespießt worden wie ein Fisch von einem Walfänger und hätte dampfend in den Schnee geblutet, noch lange nachdem sein Herz zu schlagen aufgehört hätte.

Zum Glück war Meiberger keine zwanzig Jahre jünger. Er stand dem Täter genau eine halbe Sekunde gegenüber – und hetzte dann mit Eva am Arm die paar Schritte zu seinem Wagen, warf sie auf den Beifahrersitz, sprang selbst in den Fahrersitz und raste los, noch bevor die Tür geschlossen war.

Er gab Gas, schaltete in den nächsten Gang, und als das Adrenalin seine Finger weniger zittern ließ, erlaubte er sich einen Blick auf Eva, die laut- und leblos neben ihm auf dem Beifahrersitz kauerte. Meiberger hatte ihr gerade das Leben gerettet, zumindest damit konnte er sich brüsten. Aber er hatte auch die Chance verpasst, einen Täter zu stellen, der weitere Leben bedrohen würde. Meiberger blieb nur zu hoffen, dass der leibgewordene Witz eines Polizeibeamten, der in seinem Wagen vor sich hinschlief, von dem Spektakel wach geworden war und den Täter stellen würde.

Den Täter, der jedoch gerade mit dem Auto in die andere Richtung davonraste. Und der im selben Moment um die Kurve im Waldstück verschwand, als Meiberger einen adrenalingesteuerten Blick in den Rückspiegel warf. Unwissend, dass dieser Blick, den er gerade noch erhaschte, seine einzige Spur zum Täter sein würde.

6

Der Täter war längst verschwunden, als zwei Einsatzwagen vom Polizeiposten Anif bei Evas Haus ankamen und Bacher mit grellem Blaulicht weckten. Der, jäh aus dem Tiefschlaf gerissen, gab an, nichts gesehen oder gehört zu haben. Und Meiberger musste entsetzt feststellen, dass die Polizisten allen Ernstes Bacher glaubten und damit seine Täterbeschreibung nicht nur in den Schatten, sondern direkt in den Bereich der Fantasie verbannten, ebenso wie Evas Aussage, jemand sei in ihrem Haus gewesen. Ersteres sei ein Profilierungsversuch eines durch dessen Abziehen vom Fall beleidigten Psychologen und Zweiteres eine visuelle Täuschung einer immerhin unter einer Überdosis Psychopharmaka stehenden Frau. Doch Meiberger ließ nicht locker und bestand darauf, dass ihre Aussagen und ihr Verdacht zu Protokoll genommen wurden.

Als sie die Polizeiinspektion Stunden später wieder verließen, wusste Meiberger zwei Dinge: Evas »Polizeischutz« war wertlos und Meiberger somit der Einzige, der sie vor dem Täter schützen konnte. Zweitens: Der Täter würde zurückkommen, um Eva zu töten. Das war aus psychologischer Sicht genauso vorhersehbar wie jeder andere Handlungsschritt, den der Täter bisher gesetzt hatte. Und der Umkehrschluss war auch klar: Er würde zu ihnen kommen, nicht umgekehrt.

Während Bacher sich wieder auf seinen Posten begab und es sich in seinem Dienstwagen zur weiteren Beschattung gemütlich machte – Dienstbefehl war schließlich Dienstbefehl –, versuchten Meiberger und Eva nach den Schrecken der Nacht etwas zur Ruhe zu kommen. Die war jedoch schwierig zu finden, also begaben sie sich in Evas Haus selbst auf Spurensuche. Mit einem Mal waren die zwei Fremden, die sich kaum kannten, die einzige Stütze des jeweils anderen. Hilfe war vonseiten der Exekutive schließlich keine zu erwarten.

Auch nicht von Nepo Wallner, der als Aktenführer das offizielle Ermittlungsmandat in dem Fall hatte. Er hatte von den nächtlichen Geschehnissen noch gar nichts mitbekommen, denn er war an diesem Morgen bereits anderweitig beschäftigt. Wie in Trance stand er vor der Umkleidekabine eines Damenbekleidungsgeschäfts, wo er gerade erfolglos versuchte, die schrillen Poptöne zu ignorieren, die seinen Gehörgang malträtierten. Wenn es einen Teufel gab, dann hatte er »Feliz Navidad« erfunden. Nepo musste lachen. Er, der Kripochef, dem Hunderte Mitarbeiter unterstellt waren, stand wie ein Lakai vor einer Umkleidekabine, während ihn »Feel Good«-Beats in einem infantilen »Pop-up-Store« quälten. Er fragte sich, was schlimmer war. Dass er überhaupt in diesem Laden war, oder dass er tatsächlich wusste, was ein »Pop-up-Store« war.

Nepo seufzte, widerstand seinem Impuls, einfach zu gehen, und sehnte sich nach einem Bier. An beiden Händen hielt er Kleiderhaken, die sich präpotent in alle Richtungen drehten, sich in seine Finger und Arme bohrten und dabei so trendy aussahen wie ein gebotoxter Kaktus. An jedem hing eine andere Scheußlichkeit von »Designer«-Kleid. Jesus Maria und Halleluja. Nepo hatte für einen Moment Sorge, sich vor Abscheu auf einen der teuren Fetzen zu übergeben, aber bei den grotesken Farben würde das ohnehin keiner mitkriegen.

Früher, als Student, hatte Nepo nach dem Grundsatz gelebt, nie mehr für ein Kleidungsstück auszugeben als für eine warme Mahlzeit. Er hatte sich damals auch geschworen, dass er nie ein Auto fahren würde, weil es unnötig, teuer und umweltverschmutzend war. Dass er nie in teure Restaurants gehen oder Markenartikel kaufen würde. Weil er da drüberstand. Weil er kein Fixkostensklave war, weil er spartanisch lebte. Dafür würde er aber LEBEN. So richtig. Er würde sein Leben in vollen Zügen genießen, die Welt sehen, anstatt jede Woche an einem stickigen Arbeitsplatz rumzuhängen.

Mittlerweile verbrachte Nepo sechzig Stunden die Woche in einem Zimmer im Landeskriminalamt, das stickiger war als ein Scheißhaus in der Sahara. In guten Wochen waren es sechzig Stunden. In schlechten … na ja. Wofür?

Der Vorhang der Umkleide glitt zur Seite, und Sara steckte ihren Kopf nach draußen. Die perfekt blondierten Haare über den großen, braunen Augen, ein Blick zum Verlieben – ah, da fiel es ihm wieder ein. Dafür.

»Holst du mir das Schwarze noch mal in Größe 36? 34 ist mir oben rum zu eng.«

Nepo setzte sich in Bewegung, verurteilte sich in Gedanken selbst als Chauvinisten und Sexisten, peinigte sich in den Worten seiner dominanten Mutter für seine Gedanken.

Mit dem nächsten Fetzen in der Hand ging er zurück zur Kabine, hielt ihn hoch wie ein sich selbst peinigender Mönch die Peitsche. *Mea Culpa! Ich chauvinistischer Macho. Ich erfolgreicher, chauvinistischer Macho.*

Da fiel Nepo ein Satz seines alten Opas ein, und er musste kurz laut auflachen. »Das Leben ist ein schlechter Witz, aber irgendwie wollen ihn alle hören.«

Der Opa hatte recht gehabt, wie immer. Möglichst laut wollten alle den Witz hören, möglichst laut und schnell. Und noch lauter dazu lachen, obwohl sie alle wussten, dass es verdammt noch mal nicht witzig war. Dass das, was wir Leben nannten, ein schlechter Scherz war, mit einer beschissenen Pointe zum Schluss, der schlechtesten Pointe in der Geschichte aller schlechten Pointen überhaupt.

Wieder dachte Nepo an seine Mutter, und das wollte er eigentlich vermeiden. Er schob die Gedanken an sie schnell wieder dorthin, wo er sie selbst nicht finden konnte, und ein kleiner Ton fing in seinen Ohren zu summen an.

Es war die Stimme der Vernunft, obwohl sie jetzt nicht mehr vernünftig klang, eher wahnsinnig, vor Angst. Was machst du da eigentlich, Nepo? Das war die Frage, und ja, das war sein Name, Nepomuk. Seine Mutter hatte ihn ausgesucht, aber sie war tot, und die Umstände ihres Todes kannte Nepo nicht mehr. Er konnte nicht mehr darauf zugreifen. Konnte oder wollte? »Kannst du nicht, oder willst du nicht?«, hatte der Opa immer gefragt, der Opa, der das war, was andere als Papa bezeichneten, weil seiner nicht mehr war. Oder nie gewesen war, so sicher war das nicht. Nepo wollte und konnte nicht daran denken. Das war natürlich eine feine, kleine Ironie, nicht? Dass das Ereignis, das sein Leben bestimmte, das unter anderem der Grund war, warum er zur Polizei gegangen war – dass dieses Geheimnis jetzt auch für ihn selbst eines war, weil er daran nicht mehr denken wollte.

Die Wahrheit war: Wann immer Nepo das Blut von Opfern an Tatorten gesehen hatte, war es ihr Blut gewesen. Wann immer jemand geschrien hatte, war es ihr Schrei. Der Schrei seiner Mutter. Nepo spürte, wie ihm das Herz im Hals pochte. Er spürte die Blicke der anderen Menschen im Geschäft jetzt wie Nadelstiche im Nacken, setzte sich in Bewegung, ging einfach los, aber auf einmal schien das Geschäft zu einem Labyrinth geworden zu sein. Überall Gänge, Fetzen, Musik, dröhnende, schreiende laute Töne, die so schrill waren, dass Nepo in die Knie gehen wollte. Dann ein vertrautes, dumpfes Geräusch. Der Vibrationston seines Handys. Nepo räusperte sich, schüttelte die Blicke ab wie Spinnen, die versucht hatten, an ihm emporzukriechen, betätigte die Taste, die keine war, und nahm ein Telefon ab, das keinen Hörer hatte.

»Wallner?«, meldete er sich. Denn das war er, genau. Nepo Wallner. Oberstleutnant. Exekutivbeamter.

Ganslingers Stimme war aufgebracht. »Die nächste Leich. Der zweite König … Der zweite von drei …«

Nicht einmal Ganslingers nüchterne Beschreibung des Fundorts nahm der Tat ihre kranke Poesie. Der »König« schwebte im Eiswasser eines gefrorenen Sees. Er war dort platziert worden, unmittelbar vor dem Wetterumschwung, der den See mit einer lückenlosen Eisplatte versiegelt hatte. Nepo überlegte. Scheiße. Der Wetterumschwung war letzte Woche gewesen. Das neueste Opfer war also schon vorbereitet worden, noch bevor der erste König aufgetaucht war. Und das bedeutete: dass die anderen Opfer höchstwahrscheinlich ebenfalls bereits in der Gewalt des Täters waren, dass deren Auftauchen längst in Planung war. Nepo blickte auf die Uhr, ließ Ganslinger fertig reden und sagte dann nur einen einzigen Satz:

»Ich will ALLE Vermisstenanzeigen der letzten Wochen!«

7

Meiberger sprach nicht gern über sich selbst. Im Rahmen des Studiums hatte er sich einmal frei nach Freud an einer Selbstanalyse versucht. Das Ergebnis hatte ihm nicht gefallen. Salopp formuliert konnte er sich danach nicht mehr leiden. Zu Karo, das war seine Ex-Frau, hatte er am Tag der endgültigen Trennung gesagt, dass sie es leichter habe als er. Immerhin könne sie ihn verlassen. Er müsse es den Rest seines Lebens mit sich aushalten. Vielleicht sogar noch darüber hinaus. Wie gesagt, der liebe Gott hatte einen schrägen Sinn für Humor.

Meiberger wunderte sich über den Zynismus in seinen Gedankenregionen, er war buchstäblich aufgezehrt von einem Tanz mit dem Teufel, den ihm keiner glauben wollte. Gequält von Gedanken, den Kopf schwer wie ein Mitternachtsschnitzel, stand er in Evas Haus und beobachtete die Scharniere der Terrassentür. Die Sonne stach ihm von rechts in die Augen, und das gleißende Weiß des zugeschneiten Gartens überforderte seine Konzentration. Allzu viel davon brauchte er aber nicht, es war schon bei oberflächlicher Betrachtung eindeutig, dass die Scharniere älter waren als die Stones und nicht mal aufgebrochen werden mussten, damit man sich Zutritt zum Haus verschaffen konnte.

Eva hielt derweil die Terrassentür so gut geöffnet, wie sie konnte, während der Wind sich ihr entgegenstellte. Der Wind in Bergdörfern konnte ein ziemliches Arschloch sein. Gerade hier, oberhalb des Dorfes, wo der Wind tun und lassen konnte, was er wollte, ohne gebremst zu werden. Die Häuser, die unterhalb des kleinen Waldstücks lagen, waren da deutlich geschützter – wenn auch nur vom Wind. Die Autofahrer nutzten diese Abkürzung hier herum gern, wenn sie zur Landesstraße wollten. Zumal sie runter durch das Waldstück ganz schön Tempo machen konnten. Zumindest war das vorher so. Nicht mehr, seit man einen Blitzer installiert hatte, um die Raser abzuschrecken und nicht zuletzt die Touristen und Kinder vor ihnen zu schützen. Kinder … Karl hatte immer Kinder gewollt. Eva war diejenige gewesen, die noch warten wollte. Es drängte ja nicht, sie hatten doch noch – Zeit …

Die Erkenntnis war stärker als die Leitungen, auf denen sie übertragen wurde. In jedem Fall gab es einen Kurzschluss in Evas Kopf. Wie ein Spielzeug ohne Batterie sackte sie jetzt zusammen.

Meiberger fing sie in einem Reflex auf, der zwanzig Jahren Berufserfahrung als Gerichtspsychologe geschuldet war. Die Trauerphase, in der Eva sich befand, war massiv, wie er es davor nur in den seltensten Fällen erlebt hatte. Die Gedanken an Karl quälten sie nicht nur, sie überluden ihren Verstand. Meiberger hatte solche Extremreaktionen mehrmals in Gutachten diskutiert, und so absurd das klang, es waren gesunde Reaktionen. Zumindest langfristig betrachtet. Sie passierten bei Menschen, die resilienter waren, also den Großteil des Traumas unmittelbar nach dem Ereignis verarbeiten konnten. Eva würde Karl nie vergessen, aber in absehbarer Zeit, vielleicht schon in einem Jahr, würde die Hölle, in die ihre Gedanken sie jetzt schickten, vorbei sein. Anders als etwa achtzig Prozent der Menschen in einer vergleichbaren Situation würde Eva kein unverarbeitetes Trauma von dem Verlust ihres Lebensmenschen davontragen. Dafür würde sie jetzt, in den Wochen und Monaten danach, eine sehr qualvolle Zeit durchmachen müssen, und es gab nicht viel, was Meiberger tun konnte, um ihr zu helfen. Sie aufzufangen, wenn ihr die Knie wegkippten, war allerdings besser als nichts.

Meiberger half Eva zu einem Gartenstuhl. Wäre er kein Klinischer Psychologe gewesen, hätte er auf ihren Zusammenbruch Bezug genommen.

Aber er war einer und wusste es besser. Die einzige Chance, ihr jetzt zu helfen, war die Fokussierung auf den Fall. Meibergers Blick fiel auf die Straße, über die sie eben gesprochen hatte, die um die Kurve in das darunterliegende Waldstück führte. Und dort sah er zwischen den Bäumen etwas aufblitzen, als ob die Sonne, die ihre reflektierenden Strahlen dorthin schickte, ihm etwas sagen wollte. Der silberne Klotz, die Radarfalle. Meiberger erinnerte sich an den Blick in den Rückspiegel. An den Täter, der exakt dort um die Kurve gebogen war. Mit Vollgas.

Meiberger setzte Eva sanft ab und ging den Weg nach unten. Er marschierte zielstrebig auf die Radarfalle zu, und Eva begriff erst in dieser Sekunde, worum es ihm ging. Wenn jemand mit Vollgas die Straße runtergefahren war, so wie sie es beschrieben hatte, dann wäre er geblitzt worden. Das Kennzeichen wäre in der kleinen Silberbox gespeichert.

Meiberger hatte jetzt die Box erreicht und zog ein Taschenmesser aus der Jacke. Eva wollte ihn fragen, ob er verrückt war, immerhin war ein Exekutivbeamter zu ihrer Sicherheit abbestellt, Inspektor Bacher würde ihn sehen und … Da erkannte Eva, was Meiberger bereits wusste. Jede Blindschleiche hatte mehr Durchblick als Bacher, der in seinem Auto saß und ein Handygame am Smartphone spielte. Wäre er ausgestiegen, herumgegangen, oder hätte er auch nur aus dem Fenster geblickt, hätte er alles mitbekommen. Aber Bacher war ein »Smombie«, ein Smartphone-Zombie, wie er im Buche stand, und solange Meiberger da war und er keine Chance auf weitere Annäherungsversuche bei Eva hatte, würde das auch so bleiben.

Eva warf einen letzten Blick zu dem Streifenwagen und beobachtete dann, wie Meiberger die spitze Klinge in den kleinen Spalt an der Seite der Metallbox rammte, so routiniert, als ob er das jeden Tag machen würde.

Ein greller Laut hallte über die Lichtung, und Eva wurde wieder daran erinnert, wie unheimlich die Akustik hier oben war. Eine schmutzig braune Straße umringt von einer weiß beschneiten Baumallee. Ein Ort, der bis vor Kurzem noch ihr Zuhause gewesen war. Karls Zuhause … NEIN. Gedankenstopp. Nicht schon wieder.

Meiberger hatte die Abdeckung der Radarbox entfernt und zog jetzt die schwarze Filmkapsel heraus. Es war ein reines Glück, dass man in diesem wählerarmen und somit von der Politik kaputtgesparten Bergdorf immer noch mit analogen Blitzerboxen arbeitete. In jedem anderen Ort hätte er vor einer digitalen Radarfalle gestanden, die er selbst mit einem Schlagbohrer nicht aufbekommen hätte. Meiberger nahm Eva an der Schulter. Es war nur eine kleine Geste, aber Eva trieb sie einen Kloß in den Hals. Karl hatte das immer getan, wenn er ihr etwas sagen wollte. Etwas Wichtiges. Und auch Meiberger hatte etwas Wichtiges zu sagen. Eva hatte exakt zwei Optionen.

Erstens: mit dem Film zur Polizei gehen. Hoffen, dass man ihn dort entwickeln lassen und sich weder an der Tatsache stören würde, dass Eva den Film unsachgemäß entfernt hatte, noch daran, dass die Aushebung einen Gerichtsbeschluss erforderte. Der noch dazu Tage dauern würde, die sie nicht hatten.

Zweitens: den Film selbst entwickeln. Zusammen mit einem Psychologen, der keinen Auftrag mehr von der Polizei hatte. Nur das Brennen in den Augen. Den persönlichen Schmerz, der aus der Gewissheit entstand, dass er einem Mörder auf der Spur war, den wahrscheinlich nur er noch rechtzeitig stoppen konnte.

Eva entschied sich für Variante zwei. In diesem Moment wusste sie nur, dass sie den Täter finden wollte. Was sie nicht wusste, war, dass sie damit Bachers Tod auslöste.

8

Nepo war sich sicher. Der zweite König war der junge Mann, der einen Monat zuvor aus einem Flüchtlingsheim in der Plainstraße verschwunden war. Die gesamte Abteilung sollte sich mit Anlauf selbst in den Allerwertesten treten. Danach noch mal Anlauf nehmen und das Ganze wiederholen.

Abstrakt betrachtet hatten sie schon recht gehabt. Alle waren davon ausgegangen, dass das Verschwinden des jungen Mannes mit einer Straftat in Verbindung stand. Allerdings hatten sie selbstverständlich angenommen, dass er in einer künftigen Meldung als Täter auftauchen würde, nicht als Opfer. Der Mann war genauso erstochen worden wie der andere »König«, und dass er afrikanischer Herkunft war, machte eine dritte Sache klar: Der Täter bezog sich sehr direkt auf das Alte Testament, er nahm den mystischen Schriftsinn wörtlich. Die drei Könige waren aus Europa, wie Opfer eins, aus Afrika, wie Opfer zwei, und aus Asien – wie höchstwahrscheinlich das noch nicht gefundene Opfer drei.

Nepo spürte, wie sich in seinem Inneren alles zusammenzog. Es wurde niemand offiziell vermisst, der auf das Profil passen würde, und auch unter den täglich zu Hunderten über die Stadt herfallenden Touristen gab es keine Abgängigkeitsanzeige. Was sollten sie machen? Sämtliche Asiaten im Großraum Salzburg in Schutzhaft nehmen? Oder einfach darauf warten, bis der Täter das nächste Opfer »holte«? Beides nicht befriedigend.

Ganslingers Stimme kratzte jetzt wie Kreide auf einer Tafel an Nepos Trommelfell, und er musste sich zwingen, ihm zuzuhören.

»Wieso?«

»Wieso was?«

»Haben Sie mir nicht zugehört?«

»Nein. Wieso was?«

»Wieso haben Sie dem Meiberger g'sagt, dass eine Kollegin schon dransitzt? Wir haben doch noch gar keinen Ersatz!«

Nepo versuchte, eine Antwort zu finden. Es gelang ihm nicht. Er wusste nicht, warum er Meiberger abgezogen hatte. Die Information war dort verborgen, wo die Erinnerungen an seine Mutter schlummerten. An einem Ort, auf den er nicht zugreifen konnte. »Konnte, oder wollte?« – »Schleich Dich aus meinem Kopf, Opa!«

»Was?«

»Hm?«

»Sie hamm' irgendwas mit Opa g'sagt.«

»Gib a Ruh, Ganslinger! Schau lieber, dass'd die von der Prosektur checkst. Die Leich is boid nimma schee.«

Ganslinger eilte los, sein Handy am Ohr, und veranlasste, was ihm aufgetragen wurde. Das mochte Nepo am meisten an seinem jungen Kollegen. Er war wie der Cockerspaniel, den sie damals gehabt hatten. Nicht dumm, immer neugierig, und wenn man ihm nur fest genug gegen die Schnauze trat, dann gab er sofort nach, zog den Schwanz ein und dackelte davon.

Spanielte davon, korrigierte Nepo sich selbst, Dackel war er ja keiner gewesen. Nepo versuchte, sich zu erinnern, wo sein alter Hund jetzt war. Natürlich musste er längst tot sein, aber wo hatten sie ihn begraben? Und wie war er überhaupt gestorben? Nepos Kopf war wie ein Sieb. War er einfach komplett überarbeitet, oder waren seine Erinnerungslücken schon pathologisch? Die ersten Anzeichen einer beginnenden Demenz oder so was? Für eine Sekunde zog ein Gedanke durch Nepos Kopf, der ihm ein kaltes Gefühl das Rückgrat hinunterjagte. Es war die Erkenntnis, dass er nicht in der Verfassung war, sich einem Täter wie diesem zu stellen.

9

Meiberger und Eva hatten nichts Verdächtiges im Haus finden können, was nahelegte, dass der Percht tatsächlich nur kurz dagewesen war. Also waren die Radaraufnahmen der einzige Hinweis, der sie jetzt weiterbringen konnte. Heutzutage einen Ort zu finden, um einen analogen Film zu entwickeln, war nicht einfach, aber Eva wusste, dass Valentin, der Leiter der Ortszeitung, noch hobbymäßig analog fotografierte und immer noch die alte Dunkelkammer im Keller des kleinen Redaktionsgebäudes betrieb. Als sie losfuhren, bemerkte Bacher sie zu ihrer Überraschung dann doch. Er war vielleicht ein Smombie, aber das Starten des Motors war selbst für ihn zu penetrant. Es kümmerte ihn nicht, wo sie hinfuhren, aber er fuhr ihnen nach, weil er das musste. Als sie bei der Zeitungsredaktion ankamen und Bacher hinter ihnen einparkte, machte er sich gar nicht die Mühe zu fragen, was sie dort wollten. Karl hatte früher in den Ferien immer wieder für die Zeitung gejobbt, und Valentin, der Herausgeber, war ein Jugendfreund gewesen. So wie die meisten Menschen im selben Alter hier zwangsläufig Jugendfreunde waren, in diesem Nest, aus dem Bacher längst abgehauen wäre, hätte er nicht den Titel des größten Faulpelzes in seiner Familie zu verteidigen gehabt. Bald würde Bacher seine Heimat tatsächlich verlassen, allerdings auf eine andere Weise.

Als Eva die alte Holztür der kleinen Dorfredaktion öffnete, strömte ihr der beruhigende Duft von Filterkaffee und Papier entgegen, und das half, denn sie hatte Angst vor dem Gespräch mit Valentin. Am Ende wusste er noch gar nichts von Karls Tod, und sie müsste es ihm beibringen. Wie sollte sie jemand anderem etwas erklären, das sie selbst nicht begreifen konnte? Meiberger spürte diesen Gedanken in ihrem Kopf, und sein ruhiger Blick gab ihr den Halt, den sie brauchte, um auf Valentins Schreibtisch zuzugehen. Als der von seinem PC hochblickte, war es sein Blick, der unsicher wurde.

Valentin wusste längst Bescheid, die Nachricht von Karls Tod hatte ihm seine Tratschtante von Schwester höchstpersönlich mitgeteilt, gestern Abend schon. Für einen Moment hatte sie ihm klarmachen können, dass es Schlimmeres gab, als mit seiner Kleinzeitung um die Existenz kämpfen zu müssen. Ein Mensch in seinem Alter war gestorben, ein Mensch, den er kannte, der wohnte wie er, lebte wie er, lachte wie er, der einer von ihnen gewesen war. Das brachte einem die eigene Sterblichkeit näher vor Augen als alles andere, und Valentin hatte dabei eine bizarre Erleichterung empfunden. Vielleicht waren seine Geldsorgen objektiv betrachtet gar nicht die Katastrophe, für die er sie hielt. Denn eine Katastrophe war das, was Eva jetzt durchmachte. Valentin stand reflexartig auf, als er sie sah. Er nahm Eva an der Schulter, drückte ihre Hand.

Es waren Bewegungen, die automatisiert waren, die ihn keine Gedanken kosteten, und jetzt spürte Eva

Erleichterung. Darüber, dass Valentin sie gar nicht erst zu trösten versuchte. Nicht so wie Bacher, der sie sogar in ihrem trauernden Zustand als Objekt der Begierde ansah. Valentin war der typische beste Kumpel gewesen, schon zu Schulzeiten. Er hatte eine Art anerzogenen Ehrenkodex, ein Benehmen, das seine Mutter ihm eingebläut hatte, wie man einem Schoßhund die Stubenreinheit einbläut. Er fragte Eva jetzt, ob sie etwas brauchte, und sie nahm das zu seiner Überraschung wörtlich. »Ja … ich müsste ein paar alte Fotos aus Karls Kamera entwickeln, ist deine Dunkelkammer noch in Betrieb?«

Eva war es noch nie leicht gefallen zu lügen, aber seit Karls Tod schienen alle Regeln, die sie zeit ihres Lebens in sich einprogrammiert gehabt hatte, außer Kraft gesetzt zu sein. Wie bei einer Festplatte, die ins Wasser gefallen war. Es gab einen schrillen Kurzschluss, Bruchstücke waren noch da, aber nichts funktionierte mehr so, wie es sollte. Nichts musste mehr funktionieren.

Valentin reichte Eva den Schlüssel, sie bedankte sich mit einem Nicken und ging zurück auf den Flur, wo Meiberger auf sie wartete. Sein Blick war ruhig, das imponierte Eva. Meiberger hatte vorausgesehen, dass sie den Schlüssel ohne ihn holen musste, weil es sonst nur zu Fragen kommen würde, deren Antworten nur wieder neue Fragen aufwerfen würden. Nach jahrzehntelangen Exkursionen durch die menschliche Psyche konnte er die grundsätzlichsten menschlichen Reaktionen intuitiv erahnen, und das verlieh ihm die Aura, alles um sich herum kontrollieren zu können.

De facto war Meiberger durch den Abzug vom Fall der Boden unter den Füßen weggezogen worden. Er befand sich im freien Fall. Und er hatte noch keinen Plan, wie er es allein schaffen sollte. Nur, er war nicht allein. Im Gegensatz zu Bacher, der vor der Redaktion parkte und gar nicht mitbekam, dass die Straßen leer waren. Ebenso wenig wie er bemerkte, dass der Percht ihn aus einer Seitengasse beobachtete. Dem war jetzt klar geworden, dass Bacher der ideale Pontius Pilatus für sein Krippenspiel war. Es hätte keinen Besseren geben können.

Der Teufel war gerecht, gerechter als der Sohn es je hätte sein können. Er holte die zu sich, die sich versündigt hatten, und schenkte der Welt damit das Wunder, das sie so dringend brauchte. Bei dem Gedanken daran spürte er die Kraft des Tieres in sich emporsteigen. Die Klinge im Fell des Perchten war ein Accessoire, das er wie einen verlängerten Finger benutzte, und die Bewegung war so schnell, so akribisch präzise, dass Bacher den Schnitt durch seine Kehle im ersten Moment gar nicht spürte. Er sah noch die Gestalt, die sich durchs Fenster beugte, und war dementsprechend alarmiert, aber da war es bereits zu spät.

Das Smartphone glitt ihm aus seinen zitternden Fingern, und noch bevor Bacher realisieren konnte, was gerade passierte, schoss das Blut aus der aufgeschnittenen Kehle in seinen Mund.

Der Gedanke an eine abwehrende Handlung kam ihm erst, als er bereits wie ein Kartoffelsack auf den Schnee zustürzte, durch eine Tür, die jemand mit der animalischen Bewegung eines Tiers aufgerissen hatte, während er schon nichts mehr sagen konnte. Dreck und Eis umgaben sein Gesicht, das jetzt auf der Straße lag, deren Schneeüberzug sich in einem immer größer werden Kreis rot färbte.

10

Rot. Das war die einzige Lipglossfarbe, die Karo akzeptierte. Schon damals, als es noch Lippenstift war und nicht Lipgloss. Und auch nur an Abenden, an denen es ihr angemessen schien, zum Beispiel beim Tanzen. Ja, echtes Tanzen, das hatte es in den Neunzigern noch gegeben, in Karos Fall auf dem Studentenball, auf dem schon die Vierzehnjährigen tanzten, obwohl da eigentlich die Abschlussschüler ihre Matura feierten. Karo hatte vier Jahre lang in einem von ihrer Mutter selbst umgeschneiderten Kleid getanzt, bis die Mitternachtseinlage vorbei und die Träume zu Kopfschmerzen geworden waren. Dann fiel man ins Bett und ging schlafen. Natürlich allein. Bis auf den letzten Ballabend. Den Abend, als Karo einen tatsächlichen Studenten kennenlernte. Fünf Jahre älter war er und kurz vor dem Abschluss. Psychologe wollte er werden, und eindrucksvoll sah er aus, in seinem dunkelblauen Anzug, mit den lockigen, in jeder Hinsicht ungezähmten Haaren und den haselnussbraunen Augen.

Er hieß Thomas, aber alle hatten ihn nur Tommi genannt, was Karo für eine absolute Verschandelung hielt. Die Art, in der er sich artikulierte, und der Respekt, mit dem er sie zum Tanzen aufforderte, wirkten auf Karo, als ob ein Gentleman alter Schule im Körper eines 23-Jährigen vor ihr gestanden hätte. Und im

Grunde war das auch so. Karo, die Publizistik studieren wollte, hatte alles von ihm wissen wollen, über das Leben in Wien, die Studentenszene, durchfeierte Nächte – alles, was sie sich selbst erträumte und bald erleben würde. Wenn da nicht dieser Abend gewesen wäre.

Eine Woche nach dem Ball, als sie auf »ihrer« Bank im Mirabellgarten saßen, als Karo begriff, dass sie den Jungen nicht nur mochte. Sie liebte ihn. Kitschig, das nach einer Woche zu sagen, aber so war es gewesen. Dieses Gefühl war so stark und ehrlich, dass es alles überstrahlte – auch den gesunden Menschenverstand. An diesem Abend im Mirabellgarten hatten Meiberger und Karo sich buchstäblich geliebt. Und im Winter danach war Patrik zur Welt gekommen.

Der Gedanke an ihren bis heute vermissten Sohn überwältigte Karo, und sie konnte im Spiegel sehen, wie ihr Blick traurig wurde. Sie packte den Lipgloss zurück in die Tasche und verließ das Bad, dessen Spiegel ohnehin zu beschlagen war, um sich die Lippen auch nur halbwegs vernünftig nachzuziehen.

Der kleine Alexander, Karos Kind aus zweiter Ehe, schlief schon, und Karos Mutter Lena hatte es sich mit einem Sudoku auf der Couch bequem gemacht. Karo würde sich mit ihrem neuen Freund Christian zum Abendessen treffen, und obwohl Lena ihn nicht leiden konnte, erklärte sie sich bereit zu babysitten. Christian war grundsätzlich kein schlechter Typ, aber Lena hatte Nepo, Karos letzten Mann, zu gerngehabt, als dass sie einen neuen Partner an Karos

Seite akzeptieren konnte. Der kleine Alexander war Nepos Sohn, und immerhin musste Lena ihrer Tochter hoch anrechnen, dass sie mit allen Mitteln versuchte, den Dreijährigen die Trennung von seinem Vater nicht spüren zu lassen.

Die Sonne war bereits untergegangen, als Karo das Haus verließ und zu ihrem Auto ging. Der Boden war zu Eis erstarrt, und das Licht der Straßenlaterne wurde vom Dezembernebel in einen dichten Schleier getaucht, der nur noch eine Idee dessen wiedergab, was die Umrisse ihres Autos waren. Karo bewegte sich auf dem Glatteis, das jetzt unter ihren Füßen knackte, langsam darauf zu, jeder Schritt vorsichtiger als der andere, jeder Atemzug so zögerlich, dass ihr Brustkorb spannte. Die Kälte des Abends drang unangenehm unter ihren Mantelkragen und trieb den typischen Geruch des Winters in ihre Nase. Ein Geruch, der immer mit den zwiespältigen Erinnerungen an die Schwangerschaft mit Patrik verbunden sein würde. Denn so sehr sie ihren Sohn liebte, so sehr war er das Ergebnis eines emotionalen Wunsches, aber nicht rationaler Planung gewesen. Seit dem Abend im Mirabellgarten war in Karos Leben nichts mehr gelaufen wie geplant. Es war, wie John Lennon gesagt hatte: »Life is what happens when you make other plans.« Weiser Mann. Von hinten erschossen. Jammerschade.

Karo schob ihre Gedanken weg und wollte gerade in ihr Auto steigen, als ihr etwas ins Auge fiel. Etwas, das ihr ein kaltes Ziehen in den Hals trieb. Das Gefühl von Angst. Am Ende der Straße hob sich in den

Nebelschlieren zwischen den Baumreihen der Umriss einer Gestalt ab, einer Gestalt, die sie direkt anblickte, auch wenn sie das Gesicht in der Dunkelheit nicht sehen konnte. Karo spürte, wie pulsierende Stiche durch ihren Brustkorb fuhren. Reflexartig drehte sie sich um, stieg ins schützende Auto und startete den Motor. Als sie wieder aufblickte, war die Gestalt verschwunden. Karo beruhigte ihre Atmung, sie versuchte, ihre Gedanken zu verdrängen, löste die Handbremse und fuhr in die Nacht hinaus.

Von den Baumreihen aus blickte der Teufel den Rücklichtern ihres Autos nach. In seiner Hand das blutige Rasiermesser, auf dem Bachers Blut gerade zu trocknen anfing. Karo stand auf seiner Liste ganz oben. Aber im Moment galt es zu beobachten, zu planen und den richtigen Moment zu finden. Sie hatte ihn gesehen, und das war nicht gut, niemand durfte wissen, dass der Teufel da war. Er blickte auf das Rasiermesser und fixierte mit großer Vorfreude das Blut darauf.

11

Rot. Die Dunkelkammer kannte keine andere Farbe. Bis auf die zwei schwarzen Gestalten, die sich in Gedanken verhakten, die durch ihre jeweiligen Köpfe zischten. Eva musterte ein Fotopapier, auf dem noch nichts zu erkennen war, während Meibergers Blick über das Fotolabor wanderte. Alles war säuberlich vorbereitet, die Entwicklungsflüssigkeit stand im Regal, die Aluwannen daneben aufgeschichtet.

Evas Handgriffe waren automatisiert, sie legte zwei Wannen vor sich, füllte sie mit Flüssigkeit und holte die Fotokapsel aus ihrer Tasche. Karl hatte es ihr vor Ewigkeiten gezeigt, ganz am Anfang, sie mussten so um die siebzehn gewesen sein. Er hatte die beiden Wannen vor sich aufgelegt, so wie sie es jetzt tat, dann hatte er ihre Hand genommen, um ihr zu zeigen, wie sie das Fotopapier in die Wanne legen musste.

Eva sah es noch genau vor sich. Karls Gesicht im roten Licht, ganz warm, seine Augen schienen zu funkeln, und Eva wusste, dass das der Moment war, in dem er zu ihrem Mann wurde. Vorher hatte ihre Liebe etwas Freundschaftliches, Amikales gehabt. Aber in diesem Moment hatten sie eine neue Ebene erreicht. In den Jahren davor hatten sie immer wieder scherzhaft darüber gesprochen, aber immer nur hysterisch gekichert, wenn es konkret wurde. Das mit dem Sex lag in der Zukunft, irgendwann. Keiner von beiden wusste, dass es so unerwartet kommen würde – und dass es so natürlich, so selbstverständlich sein würde, wie alles andere in ihrer gemeinsamen Zeit.

Eva wusste nicht mehr, ob sie ihn zuerst geküsst hatte oder er sie, aber auf jeden Fall war sie es, die seine Hand genommen und unter den Bund ihrer lockeren Jeans in ihren Slip geführt hatte. So eine vulgäre Geste wäre ihr bei Tageslicht in tausend Jahren nicht eingefallen. Aber im Rotlicht der Dunkelkammer schien alles erlaubt zu sein. Eine abgeschlossene, kleine Welt, die nur ihnen beiden gehörte. Gehört hatte … Eva konnte das Gefühl heute noch spüren, das damals durch ihren Körper geschossen war. Sie konnte sich nicht erinnern, je etwas anderes so dringend gewollt zu haben.

Der menschliche Sexualtrieb allein war schon unglaublich stark, aber wenn er auf so etwas Explosives wie ehrliche Gefühle traf, dann waren Nitro und Glycerin ein Scheiß dagegen. Meiberger wusste das, und er wusste spätestens jetzt, wie sehr Eva diesen Karl geliebt hatte. Sie sagte kein Wort, aber allein ihre mimische Reaktion auf diese Dunkelkammer sprach Bände. Das war der Moment, in dem der Fall für Meiberger endgültig persönlich wurde. Für den Bruchteil einer Sekunde konnte er Evas Schmerz spüren, und das reichte, um sich zu schwören, dass er den Täter eigenhändig fassen würde. Als Psychologe hatte er gelernt, sich von den Emotionen der Patienten nicht ergreifen zu lassen. Das gelang ihm sonst immer. Dieser Fall war anders.

Meibergers Aufmerksamkeit wurde etwa in derselben Sekunde zurück in die Gegenwart geholt wie Evas, als vor ihnen plötzlich Umrisse auf dem Fotopapier in der Wanne erschienen. Es war tatsächlich eine Aufnahme durch die Radarfalle entstanden – und zwar um 01:13 Uhr. Eva konnte spüren, wie die Wärme aus ihrem Gesicht wich.

Das war ungefähr die Uhrzeit des Einbruchs. Meiberger legte das Fotopapier in die zweite Wanne. Gleich würden sie das Auto darauf sehen können. Eva spürte ihr Herz in ihrem Hals pochen. Wo wurde das Blut hingepumpt? In ihren Beinen schien nichts mehr davon zu sein, und in ihrem Gesicht auch nicht. Eva hielt sich an der Tischplatte fest, um nicht umzukippen, sie wartete auf die Silhouette am Papier, auf das Monster, das langsam sichtbar werden würde. Den Tod, der ihr Karl genommen hatte, der auch sie fast erwischt hätte. Den unsichtbaren Teufel. Den Meiberger jetzt sichtbar machte.

Eva konzentrierte ihren Blick. Was zuerst nur Konturen waren, nahm jetzt Form an. Die Karosserie eines Geländewagens. Das Gesicht im Fahrerraum war nicht zu erkennen. Aber dafür etwas anderes.

»Die Nummerntafel ist lesbar! Das gibt's ja nicht, sie ist wirklich lesbar!«

Das war der einzige Gedanke, den Meiberger und Eva noch kannten, als sie aus dem Keller nach oben und hinaus auf den Parkplatz eilten, der bereits in Dunkelheit getaucht war. Sie fragten sich nicht, warum Bachers Einsatzwagen leer war, diesen Umstand registrierten sie nicht einmal. Sie hatten nur ein Ziel: Ihre Spur so schnell wie möglich zu sichern. Eva setzte sich wie selbstverständlich auf den Beifahrersitz, und noch während Meiberger losfuhr, wählte er Nepos Nummer an. Als das Freizeichen über die Freisprechanlage ertönte, bog er vom Parkplatz auf die Straße, schaltete in den nächsten Gang und machte das Fernlicht seines alten Geländewagens an.

Grelle Strahlen auf der Landstraße. Der Nebel dampfte wie Trockeneis.

Eva lehnte sich zurück und sah, wie die Mittellinie durch die Geschwindigkeit zu einer weißen Schlange wurde. Immer noch piepte das Freizeichen durch den Fahrerraum. Meiberger musste seine Ungeduld im Zaum halten. Nepo würde mit der Information des Kennzeichens innerhalb von Sekunden den Fahrzeughalter und damit den Täter ermitteln können, aber was noch wichtiger war: Er würde sich entschuldigen müssen. Dafür, dass er Meiberger abgezogen hatte, als ob die gemeinsamen Erfolge nie stattgefunden hätten und jeder andere ihn eins zu eins ersetzen könnte. Er würde ihm und allen anderen beweisen, dass sie sich irrten, dass ihm wieder einmal etwas aufgefallen war, was die Polizei übersehen hatte, weil er eben verdammt noch mal so gut war und man ihn nicht einfach so ersetzen konnte, ohne mit Konsequenzen rechnen zu müssen. Genau das würde er Nepo reinsemmeln, exakt diesen Satz!

Meibergers Gedanken wurden unterbrochen, als sich das Lenkrad unter seinen Händen verselbstständigte. Reflexartig umklammerte er es, versuchte, den widerspenstigen Wagen auf dem vereisten Boden auf Spur zu halten. Er versuchte, nicht aus der Kurve zu gleiten, die Serpentinen in diesen Bergdörfern waren nicht ohne. Ein Blick zur Seite, und man konnte Todesfallen in den vereisten Klippen erahnen, die aussahen wie aus einem alten Science-Fiction-Film.

Eva musste lächeln. Meiberger war ortsunkundig und ungeübt, beim nächsten Mal würde sie das Steuer übernehmen. Er war eben ein echter Stierwascher. In der Stadt konnte er ihr bestimmt auch ohne Karte sofort den nächsten Weg zu einem geeigneten Beisel zeigen, aber hier in den Bergen kannte er sich weniger aus.

Da erfüllte grelles Licht den Fahrerraum und riss Eva aus ihren Gedanken. Ein SUV war hinter ihnen auf der Straße aufgetaucht und fuhr ziemlich nah auf. Der Fahrer war nicht zu erkennen, aber Meiberger brauchte nur einen Blick, um zu wissen, dass es derselbe Wagen vom Radarfoto war. »Nicht der gleiche, derselbe!«, schrie seine alte Volksschullehrerin durch Meibergers Kopf, während er geschockt feststellen musste, dass der Täter buchstäblich hinter ihnen her war – und zu einem Überholmanöver ansetzte.

Schock erfasste auch Evas Gesicht. Meiberger versuchte, seine Geschwindigkeit zu drosseln, als der SUV mit der Kraft eines Panzers ausscherte und sie mit einem Heulen überholte, das für Eva wie der Schrei eines Raubtiers klang. Unmittelbar vor ihnen bretterte er zurück auf die Fahrbahn. Das rote Abbremslicht brannte sich in Evas Netzhaut ein, während Meiberger sein Bremspedal bereits durchgetreten hatte, aber trotzdem unaufhaltsam auf den Wagen zuraste. Eine Kollision wäre tödlich, das war der einzige Gedanke, der es noch in Evas Bewusstsein schaffte, als Meiberger das Lenkrad nach rechts riss und um Haaresbreite an dem Wagen vorbeischoss. Dummerweise war Meiberger tatsächlich ortsunkundig und wusste nicht, wie die vereisten Serpentinen sich für solch ein Manöver bedanken würden. Die plötzliche Rechtslenkung schleuderte die Hinterreifen aus der Kurve. Und Meiberger begriff, dass sie keine Chance mehr hatten.

Die Reifen, deren Richtung er noch vor Sekundenbruchteilen kontrolliert hatte, verloren die Fahrbahn unter sich, und der Wagen wurde mit einer Kraft über die Böschung geschleudert, die Evas Körper in den Sitz presste und ihr das Gefühl gab zu zerplatzen. Mit einem blechernen Hall kam der Wagen im Graben auf und wurde mit unvorstellbarer Kraft um die eigene Achse gewirbelt.

Meiberger und Eva fühlten sich wie Insekten in der Gnade Gottes. Alles, was sie glaubten an Eigengewicht oder eigener Körperkraft zu haben, war in diesem Moment bedeutungslos. Sie waren Würmer in einer Dose, die ein wahnsinnig gewordenes Kleinkind namens Schicksal über die Straße kickte. Meibergers Ohren waren vom Druck wie erschlagen, und in Evas Trommelfell war ein Dauerfeuer aus Metallheulen losgebrochen. Glas und Blech fetzten durch die Luft, als der Wagen endlich zum Stillstand kam und Meiberger erkannte, dass er offenbar keinen Körper mehr hatte und nur noch ein taubes Etwas an seinem vor Schmerz pulsierenden Kopf hing. Evas Sichtfeld drehte sich in alle Richtungen, sie versuchte, einen Punkt zu fixieren, irgendeinen Halt zu finden, der dafür sorgen würde, dass ihre Welt aufhörte, sich zu drehen. Meibergers Augen fixierten den Motorraum genau in dem Moment, als dessen Blechhaube Feuer fing. Der ganze Motorraum stand im Bruchteil von Sekunden in Flammen, Hitze peitschte auf Meiberger und Eva zu, die ihre Haut ansengte, und ihre Augen liefen vor Tränen über. Meiberger stemmte sich mit aller Kraft, die er noch aufbringen konnte, gegen den Sicherheitsgurt. Er musste mit Eva raus aus dem Wrack, das war alles, was jetzt noch zählte.

Die Flammen kamen näher, und Eva, die Ihres tat, um ihre letzten Kräfte zu mobilisieren, spürte, wie der Sicherheitsgurt sich lockerte, wie es ihr gelang, ihn mit ihren Fingern zu lösen, die sie zwar bewegen, aber nicht mehr spüren konnte. Der Gurt schnalzte zurück, Meiberger half Eva nach oben und wurde von seinen eingeklemmten Beinen zurückgerissen. Eva sah nach unten, sah Meibergers Knie, die in dem verschmolzenen Blechhaufen feststeckten. Sie spürte ein Brennen in ihren Nasenflügeln und stechende Hitze auf dem Rest ihres Körpers, die Flammen umfassten jetzt die Fensterrahmen.

Eva schrie.

Es war ein Schrei der Verzweiflung, dem puren Überlebenswillen geschuldet.

Meiberger versuchte alles, er kämpfte. Sie konnten es schaffen, wenn er nur seine verdammten Beine da rausbekam. Es war nicht vorbei, sie würden es schaffen, durch das hintere Seitenfenster … Da sah Meiberger etwas noch viel Schlimmeres.

Das Benzin, das unter dem hinteren Seitenfenster auslief und sich mit den Flammen von der anderen Seite zu einer glühenden Einheit verband. Scheiß alte Autos. Gottverdammter scheiß Oldtimer.

Eine Stichflamme erfasste das Heck, und der gesamte Innenraum wurde von einer Hitzewelle erdrückt, die sich im Schock wie eisige Kälte anfühlte. Eine Kälte, die so unendlich schmerzhaft war, dass Meiberges Sinne sich auflösten.

Am Hügel stand der Fahrer des anderen Autos und beobachtete, wie der Wagen in Flammen aufging. Er freute sich über das Feuer. Es war ein visuelles Festmahl. Das Auto war ein brennender Metallball, der dunklen Rauch in den Himmel pumpte, bis alles nur noch schwarz war.

Kapitel III

ILLUSION

1

Als der Teufel noch klein war, da reichte das Licht einer Kerze, um ihm und seiner Mutter Wärme zu spenden. Der Duft von Wachs, der Geschmack von Butterkeksen. Es war ein heiliger Abend, und er wollte ihn festhalten. In gewisser Hinsicht tat er das. Bis heute. Er erinnerte sich noch, welche Farbe die Kugeln am Baum gehabt hatten. Wie er in der Reflexion den Mann gesehen hatte, der ins Haus gekommen war. In seiner Vorstellung passierte das, was nicht passiert war. Er entfesselte das Monster in sich, war der Percht, die Figur aus dem alten Holzschnitt vom Opa, der Krampus.

Er war es, der die spitzen Zähne hatte, er hatte die roten Augen, und er zerfetzte den Angreifer, bevor der seiner Mutter etwas antun konnte. Das waren die Ereignisse, die nicht passiert waren. An die, die sich zugetragen hatten, erinnerte er sich nicht. Es war lange her.

Als der Teufel noch klein war.

2

Ein Zauberkunststück ist eine Täuschung, die aus mehreren Stufen besteht. Im Regelfall sieht man in der ersten etwas Gewöhnliches. Etwas Unschuldiges, das einen nie, in tausend Jahren nicht, betrügen würde. Ein simples Tuch, einen kleinen Hasen, eine nüchterne Karte, einen Tisch. Und selbst wenn man zu den eher misstrauischen Menschen dieses Planeten zählt, kommt die Täuschung sofort mit der zweiten Stufe, bei der einen der Magier bittet, den Gegenstand noch einmal zu inspizieren. Zu überprüfen, ob der Hase auch echt ist, das Tuch kein Loch hat und der Tisch keinen doppelten Boden. Nur wenn diese beiden Elemente zusammenpassen, entsteht das, was in Wahrheit im Kern einer jeden Illusion steckt: der unerschütterliche Glaube daran, dass das Element, um das es geht, ein gewöhnliches ist und sich so verhalten wird, wie man es von ihm erwartet.

Erst dann nimmt besagter Magier dieses Element und lässt es etwas gänzlich Ungewöhnliches tun. Er lässt den Hasen verschwinden, das Tuch zu einem Strauß Blumen werden oder den Tisch zu Luft, durch die er hindurchsteigt. Das überrascht einen, aber man ist noch nicht überzeugt, denn einmal kann man sich irren, einmal kann das Gesehene einem einen Streich spielen. Aber sicher kein zweites Mal. Das führt uns zum letzten Akt eines jeden Zaubertricks. Das Ungewöhnliche muss zum Gewöhnlichen zurückkehren. Der Hase muss wieder erscheinen, die Luft wieder ein Tisch sein und die Blumen wieder ein Tuch. Dieser Teil, diese letzte Stufe, ist die komplexeste im Aufbau einer jeden Illusion. Es ist das Element, an dem die meisten Magier scheitern.

Meiberger gehörte nicht dazu.

Er kam zurück. Nicht für sich, sondern für das kleine Mädchen, deren Mutter er versprochen hatte, sie zu finden. Egal wie viele Menschen noch durch den Täter sterben würden, sie waren nur Namen für ihn, wie die Lettern in den Gerichtsakten. Aber die kleine Marie war ein Kind, und sie hatte niemanden sonst. Meiberger war es egal, ob er leben oder sterben würde, aber der Zeitpunkt war ihm nicht egal. Er würde sie vorher zurückholen. Definitiv.

Als er sich aus dem Rauch nach oben schleppte, wusste er nicht, ob der Teufel noch da war, um auf ihn zu warten. Es spielte keine Rolle, eine Minute länger in der Nähe des Wracks und die Rauchvergiftung hätte ihm den Rest gegeben. Eva marschierte mit den Schritten eines Bergarbeiters vorwärts, ihr war das Blei in ihren Füßen egal, ebenso der Ruß in ihrem Gesicht. Sie ging einfach weiter wie ein Batteriehäschen auf Speed.

Anders als Meiberger, der hoffte, dem Teufel entgehen zu können, war Eva darauf aus, ihn zu finden. Hinter ihr peitschte Wärme auf ihren Rücken, die Schnittwunden glühten und brannten wie Feuer, und das dumpfe Wabern der Flammen war zusammen mit dem Geruch des ausgelaufenen Benzins der Stoff, aus dem Todesträume gemacht sind. Meiberger versuchte, so viel Abstand wie möglich zwischen sich und Eva und das Wrack zu bekommen. Er riss sie mit sich, ohne dass sie es merkte, hustete sich die Seele aus dem Leib, ohne dass sie es hörte, und beobachtete sie die ganze Zeit dabei, ohne dass sie ihn sah. Eva hatte nur ein Ziel, die Böschung zu erreichen, an der sie den Schatten gesehen hatte, die dunkle Gestalt, die der Teufel war.

In Evas Lieblingsfilm fragte der Schurke den Helden: »Hast du schon mal im blassen Mondlicht mit dem Teufel getanzt?«, und die Frage war eine Drohung, als ob es nichts Schlimmeres gäbe. Aber Eva wollte mehr, sie wollte den Teufel zerfetzen, ihn vernichten, und egal welche Waffe oder Körperkraft er ihr entgegensetzte, sie würde ihm mit den Nägeln die Augen rauskratzen, bevor er ihr Leben beenden konnte. So viel war sicher. Und das Ende des Lebens war ein Geschenk, jetzt wo Karl nicht mehr …

Evas Gedanken verstummten in ihrem Kopf, als sie begriff, dass die Lichtung verlassen und leer war. Das Rot des Feuers erhellte den ganzen Abhang, aber der Teufel war fort.

Eva hatte sich geschworen, nicht mehr das Gleichgewicht zu verlieren, und das tat sie auch nicht. Sie hatte sich versprochen, nicht mehr zu weinen, und auch das tat sie nicht. Sie senkte nur den Kopf und starrte mit einem Ausdruck auf das dunkle Gras, der sich für immer in Meibergers Kopf einbrannte.

Er hatte in seiner Zeit als Gerichtspsychologe viele Menschen in Extremsituationen erlebt, aber was gerade mit Eva passierte, war etwas, das er auch als Profi nur erahnen konnte. Er traute sich noch keine tatsächliche Hypothese zu, aber es schien fast so, als ob Eva durch ihre Trauer zu einer Stärke gefunden hätte, die ebenso antreibend wie selbstzerstörend war. Sie war nicht suizidgefährdet, das hatte er selbst bestätigt, als die Behörden ihn fragten. Sie war etwas anderes.

Sie war kamikazegefährdet.

Meibergers verzweifeltes Lächeln wurde von einem Hustenanfall verdrängt, als er begriff, dass er nicht mehr der einzige war, der den Täter um jeden Preis persönlich fassen wollte. Eva würde ihn finden, und sie würde ihn unter Einsatz ihres Lebens auslöschen, das und nichts anderes war der Plan, der sich in diesen gesenkten Augen manifestierte. Meiberger wusste das, ebenso wie er wusste, dass es keinen Sinn hatte, sie aufhalten zu wollen. Aber er konnte ihr dabei helfen und mit ihr in den siebenten Kreis der Hölle hinabsteigen – und die kleine Marie nach Hause holen.

3

Alles, was Priorität in Inspektor Kevin Ganslingers Leben hatte, befand sich jetzt auf dem Sofa seines Hauses. Seine Freundin, die an seiner Schulter eingeschlafen war, eine Schaumrolle in seiner Hand, die bereits zur Hälfte verputzt war, und eine DVD-Hülle aus Ganslingers Sammlung: ein Film seines Lieblingsgenres, der hohen Kunst des Actionkinos. Am HD-Bildschirm war sein Landsmann Arnold Schwarzenegger gerade damit beschäftigt, einem auf einer Rakete festhängenden Schurken zu erklären, dass er »gefeuert« war, als Ganslingers Handy läutete. »MEIBERGER RUFT AN« stand auf dem Display, und sofort wurde Ganslinger klar, dass der schöne Abend so gegessen war wie die Schaumrolle. Denn Meiberger rief nur an, wenn etwas passiert war. Ganslinger sprang auf, womit er seine geliebte Freundin unsanft weckte, und hämmerte auf die Fernbedienung, wodurch er dem armen Arnold mitten in einem respektablen Actionspruch das Wort abschnitt. Meiberger ratterte direkt los, beschrieb ihm die Unfallstelle und dass die Feuerwehr schon unterwegs war. Außerdem war der Kripo-Polizeischutz, dieser Bacher, völlig nutzlos. Er war plötzlich weg, hatte sich aus dem Staub gemacht, und offenbar hatte der Täter genau diesen Moment ausgenutzt, um sie von der Straße zu drängen. Sie wären beinahe gestorben! Auf die Polizei würden sie sich bestimmt nicht noch einmal verlassen.

Bevor Ganslinger etwas sagen oder fragen konnte, hatte Meiberger schon wieder aufgelegt. Unsicher, was er mit dieser Information jetzt anfangen sollte, blieb er erst mal stehen und sortierte seine Gedanken. Und Ganslingers Freundin, die solche Situationen nach drei Jahren Beziehung zur Genüge gewohnt war, fragte gar nicht erst nach, was los war, sondern kuschelte sich ins Sofa und dachte an den Leitsatz ihrer Mutter, der dieser mehr als einmal die Ehe gerettet hatte: »Ignorance is a blessing.« Unwissenheit ist ein Segen.

4

Die StageBar war in der Weihnachtszeit etwas ganz Besonderes, auch an diesem Abend. Von einem Jazzpiano erklang eine Bluesversion von »Let it Snow«, und die leuchtende Ausstattung gab Meiberger das Gefühl, als ob er sich mit Humphrey Bogart im weihnachtlichen New York der Sechziger getroffen hätte. Die StageBar in der altehrwürdigen Salzburger Altstadt schaffte für diesen einen Abend die Illusion einer Zeitreise. Und als Meiberger schmutzig und mit Ruß verschmiertem Gesicht die Bar betrat, richtete nicht nur einer seinen Blick auf ihn. Er steuerte direkt auf seinen Kollegen Alex zu, der gerade einen Whiskey leerte, während das Rat Pack von der Wand verächtlich auf die Eiswürfel in seinem Glas herabblickte.

Alex war nicht verwundert über Meibergers Aussehen und auch nicht darüber, dass dieser eine ebenfalls schwer ramponierte junge Frau in Bergsteigerjacke bei sich hatte, die mit ebenfalls verrußtem Gesicht und totem Blick ein Bier an der Bar bestellte. Alex war bei Meiberger über gar nichts mehr verwundert, weil der eben so war, bei ihm gab es keine Norm, die Norm war ad absurdum geführt. Fast um es zu bestätigen, griff Meiberger sich ein paar Eiswürfel aus dem leeren Whiskeyglas seines Freundes und hielt sie in seinen Händen, die, das konnte Alex jetzt sehen, voller Brandblasen waren. Noch bevor er vorschlagen konnte, dass Meiberger die Verletzung behandeln lassen solle, fielen ihm die Schnitte in dessen Gesicht und der stechende Geruch auf. Meiberger hatte keine Zeit zu verlieren, und er sprach schnell. Alex müsse seinen Kumpel bei der Polizei um Hilfe bitten. Der müsse ein Kennzeichen für Meiberger ausheben.

Jetzt war Alex doch verwundert. Denn diese Bitte war selbst für die atypische Norm eines Magister Meiberger ungewöhnlich. Er war der mit den Kripokontakten, warum brauchte er jetzt Alex?

»Weil mich die Kripo von meinem aktuellen Fall abgezogen hat, denen vertrau ich nicht mehr!«

In diesem Punkt war es Meiberger unmöglich, über seinen Schatten zu springen. Ja, er hatte den Unfall bei Ganslinger gemeldet, aber über kurz oder lang hätten sie ohnehin davon Wind bekommen, und dann hätte er sich nur nervigen Fragen stellen müssen. Aber das war's. Das Foto würde er ihnen nicht geben, denn dann hätte er keine Chance mehr, die Ereignisse weiter zu bestimmen. Alex sah dieses innere Dilemma in Meibergers Augen und versuchte, ganz Psychologenkollege, ihn zu beruhigen.

»Jetzt bleib erst mal cool. Atme durch. Ruf sie an, gib ihnen den Hinweis, und vielleicht beauftragen sie dich ja wieder.«

»Nein, da sitzt eh schon eine andere Kollegin dran. Wenn die meinen, dass sie's besser kann, bitte!«

Alex seufzte, überlegte, ob er den kindischen Hintergrund dieses Arguments aufzeigen sollte, begriff dann aber, dass er damit herbe Kritik an Meibergers ganzer Persönlichkeitsstruktur üben würde. Er verwarf die Idee und suchte in Gedanken einen Kompromiss, während sein Blick zu einer atemberaubend schönen Frau wanderte, die am Piano Platz nahm. Alex zwang sich, sich wieder auf seinen Freund zu konzentrieren, und warf Meiberger nun einfach vor, was er ihm bei Konflikten dieser Art immer vorwarf: Vom Schlachtfeld zu stürmen war kein Weg, den Krieg zu gewinnen.

Gut, aber was erwartete Alex denn jetzt von ihm? Er durfte doch gar nicht mehr aufs Schlachtfeld. Sie wollten seine Hilfe nicht mehr, die geschätzten Kollegen von der Kripo. Männer, die er für Freunde gehalten hatte und die ihm jetzt schneller den Stecker gezogen hatten als eine junge Ehefrau ihrem Millionärsmann am Altenbett. Er, Alex, war der Einzige, der immer zu Meiberger hielt. Alex bat ihn, sich die Melodramatik zu sparen, aber Meiberger, der gerade buchstäblich durch die Hölle gegangen war, verwies mit zitternden Händen, in denen das Eis wässrig wurde, auf seinen Grundsatz: Die Wahrheit sagt einem ein Mensch nur, wenn er eine Entscheidung trifft. Die Kripojungs hatten sich auf Druck von oben hin für die Kollegin und gegen ihn entschieden. Alex musterte Meiberger mit stoischer Ruhe, die jetzt von einem schelmischen Lächeln ergänzt wurde.

»Du bist einfach nur überarbeitet und narzisstisch gekränkt.«

»Ich bin nicht narzisstisch gekränkt! Erspar mir die Freud'sche Analyse.«

»Das nächste Indiz. Immer wenn du beleidigt bist, ziehst du über Freud her.«

»Ich zieh auch sonst oft über Freud her …«

»Weil du oft beleidigt bist.«

Meiberger schüttelte den Kopf. Klar war er gekränkt. Aber das Problem ging noch tiefer. Er war fassungslos darüber, dass die Exekutivbeamten etwas so Wichtiges wie eine Mordermittlung so leichtfertig aufs Spiel setzen konnten. Hätte er das ausgesprochen, hätte Alex eine höfliche Formulierung gefunden, um ihm Naivität und Burn-out-Symptome zu postulieren. Also ließ Meiberger es bleiben und stellte die eine Frage, die in seinem Kopf am leichtesten zu stellen und am schwersten zu beantworten war: »Gehst du mit dem Foto jetzt zu deinem Polizeikontakt, oder nicht?«

Für einen Moment fiel Alex' Blick wieder zur Seite, wo die atemberaubend schöne Pianistin Klavierklänge anstimmte, die sogar noch beeindruckender waren als ihre hypnotisierende Aura. Meiberger, dessen Nervenenden vor Wut und Angst glühten, hatte keinen Sinn dafür, aber die Musik, die durch die StageBar schallte, war so eindrucksvoll, dass Alex kurz überlegte, ob er sich bei der Dame vorstellen, eine CD von ihr kaufen oder sie gleich heiraten sollte. Es war aus musikalischer Sicht wirklich faszinierend. Basslinien und Akkordprogressionen wurden mit Leichtigkeit im Solospiel der linken Hand gestaltet, und die rechte schickte Melodien durch den Raum, die Alex daran erinnerten, wie viel Kraft Musik im Vergleich zu allen anderen künstlerischen Ausdrucksformen hatte.

Der Moment wurde unterbrochen, als Meiberger vor Alex' Gesicht schnippte. Die Frage war zu wichtig, als dass er seinem alten Freund den verträumten Moment gönnen konnte. »Du bist der Einzige, der mir helfen kann. Machst du's?«

Alex überlegte. Als ob die elfenhafte Pianistin mit ihrer göttlichen Musik ihn nicht schon genug verwirren würde.

»Okay, ich mach's. Du solltest der Dame mit dem Ruß im Gesicht ein Hotelzimmer spendieren und mit zu mir kommen, wo du dich … sagen wir, frisch machen kannst. Danach könntest du mit mir mit ins Carpe kommen. Auf ein gutes Abendessen«

»Keine Zeit.«

»Meiberger, wenn du so weitermachst, dann verhaften die dich am Ende wieder, und ich muss wieder mit den Richtern reden.«

»Das war nur ein Mal.«

Alex bekam den Satz gar nicht mehr mit, denn die Pianistin hatte gerade ihr Stück beendet und Alex einen kurzen Blick zugeworfen. Er wusste, dass das einer dieser »Jetzt oder nie«-Momente war und verabschiedete sich in perfektem Spanisch von Meiberger. »Hasta Luego!«

»Hasta zehn Euro?«

»Der geht diesmal auf dich. Dafür sag ich dir gleich morgen früh, wem das Auto von dem Kennzeichen g'hört.«

Das war ein Wort. Meiberger kramte mit verletzten Händen einen Zehneuroschein aus seiner Geldbörse und betrachtete jetzt Eva, die sich zu ihm setzte, ein Bier in der Hand, das Gesicht immer noch schmutzig vom Ruß. Ihre Stimme war schwach, ihr Blick aber nicht.

»Ich hab meinen Vater angerufen, er holt mich ab.«

Meiberger nickte nachdenklich, wenig überzeugt. »Du solltest in ein Krankenhaus gehen.«

»Seit wann sind wir per Du?«

»Seit ich dich aus einem brennenden Auto gerettet hab.«

»Wenn hier irgendwer wen gerettet hat, dann ich dich.«

»Also, gehst du jetzt ins Spital?«

»Nein. Und du?«

Meiberger überlegte, dann schüttelte er den Kopf und deutete dem Kellner.

»Ich brauch keinen Arzt. Dr. Single Malt regelt das für mich.«

5

Am Abend des 22. Dezember ging etwa zur selben Zeit, als Meiberger und Eva sich nach dem Unfall, pulsierend vor Adrenalin, zu Fuß auf den Weg in die Salzburger Innenstadt gemacht hatten, ein Notruf in der nur wenige Kilometer entfernten Polizeiinspektion St. Gilgen ein. Die diensthabende Gruppeninspektorin Isabelle Gollumbits würde sich später daran erinnern, wie sie schon am Klingeln erkannte, dass es ein ernst zu nehmender Notruf und keine Kleinigkeit à la Lokalstreit war. Natürlich war das technisch unmöglich, aber eben eine jener Selbstillusionen des Gehirns, wie wir sie alle tagtäglich erleben. Als Sklaven unserer Psyche, die die permanent auf uns einprasselnde Wirklichkeit filtert, bekommen wir immer nur das von der Welt mit, was unsere Gehirne uns erlauben mitzubekommen. Was Isabelle in dieser Sekunde am anderen Ende der Leitung hörte, war Panik. In einer Stimme, die sie eigentlich als besonnen kannte.

Der Notruf kam von Elfi Wawarta-Wong, einer robusten Krankenschwester, die früher die Schulimpfungen übernommen und Isabelle immer dafür gelobt hatte, was für ein »toughes Grätel« sie war, weil sie nicht jammerte. Elfis Nachname war so ungewöhnlich wie der Vorname ihres Mannes Harald Wong, der Sohn eines Österreich-affinen Musikerpaares aus China, das ein Dauerengagement am Mozarteum nach Salzburg geführt hatte. Harri hatte, statt in die Fußstapfen seiner musikalischen Eltern zu treten, den D-Schein gemacht und arbeitete seitdem als Busfahrer beim örtlichen Personennahverkehr. An diesem Tag war er nicht von der Spätschicht nach Hause gekommen. Wie man Elfi bereits gesagt hatte, war Harri nach der letzten Tour ins Depot gefahren, nachdem er mit leichter Verspätung die letzten Fahrgäste an der Endhaltestelle abgesetzt hatte. Wie jeden Abend hatte er sich am Stationshäuschen bei der Klodame verabschiedet und war auf den Breitfeldweg abgebogen, der aus St. Gilgen stadtauswärts führte. Es waren keine fünf Minuten bis nach Hause, vorbei an der Tankstelle, dann in die Leopold-Ziller-Straße, die Treppen runter, und schon war er vor seinem Haus, von dem ihn dann nur noch vier Treppenstufen trennten. Elfi, die Krankenschwester war und wie Harri ebenfalls oft spät nach Hause kam, hatte sich bereits mehrere Male darüber beschwert, dass die Schneeräumung kein Salz auf die Treppen mehr streute, obwohl diese auf Gemeindegrund lagen.

Die deppaten Stiegen waren glatt wie Spiegel, hatte sich Elfi auch an diesem Abend geärgert, und ihr erster Gedanke war der, dass Harri auf den Treppen ausgerutscht sein könnte und womöglich bewusstlos draußen in der Kälte lag. Als sie mit ihrem Mantel über dem T-Shirt und in Hausschuhen nach draußen eilte, war der Schock entsprechend groß, als sie zwar Harris Kappe dort auf der Treppe liegen sah, nicht aber ihren Mann. Das schilderte sie Gruppeninspektorin

Isabelle Gollumbits jetzt am Telefon so deutlich, dass diese die Kappe in allen Nuancen vor sich sehen konnte. Isabelle, eine junge Nicole Kidman in Polizeiuniform, hatte nicht nur bemerkenswert grüne Augen, sondern vor allem eine besonders ausgeprägte bildliche Vorstellungskraft und deswegen bereits in diesem Moment ein Abbild der Treppe vor Augen, das der späteren Fotografie der Spurensicherung in nichts nachstand. Was sie aufgrund der bloßen Beschreibung von Elfi Wawarta-Wong allerdings nicht sehen konnte, waren die Blutspuren, die die Beweissicherung feststellte und die mit Harris Blutgruppe übereinstimmten. Als man die Kripo verständigte und ein aus dem Schlaf gerissener Ganslinger hörte, dass Harri Wong asiatischer Abstammung war, läuteten bei ihm alle Alarmglocken. Er verständigte umgehend Nepo, der bereits wach war und sofort Harri Wongs Handy orten ließ.

Die Streife, die man jetzt am Morgen zum georteten Signal schickte, bestand aus Isabelle und ihrem Kollegen Arthur Eistraub, Anfang dreißig, einer gemütlichen Alpenversion von Bruce Willis, der in seiner Uniform ebenso schnittig wie vertraut aussah, es aber nicht mit Isabelles Autorität aufnehmen konnte. Sie überragte Eistraub um einen ganzen Kopf.

Als Isabelle und Eistraub an der Seilbahnstation am Zwölferhorn ankamen, wurde das fröhliche Gelb des Stationshäuschens vom bedrohlichen Flattern des Fahnenmastes in eine zynische Geste verwandelt. Isabelle bemühte sich, ihre Haare unter dem Barett zu bändigen, während der Stationsleiter mit besorgtem Blick auf sie zustapfte, ein alter grauhaariger Zausel, immer noch autoritär in seiner Dienstkleidung, die an ihm wie eine Uniform aussah, an anderen allerdings gerade noch als Faschingskostüm durchgehen würde.

Sein Name war Rirsch, und seine Stimme klang wie ein Reibeisen, als er Isabelle und Eistraub in knappen Worten klarmachte, dass die von ihnen georteten Koordinaten nur dem Standort einer der Seilbahngondeln entsprechen konnten. Offenbar hatte Harri Wong sein Mobiltelefon gestern dort in einer der Gondeln vergessen, alles andere war unmöglich, denn sie waren bei Dienstschluss gestern Nachmittag leer gewesen und heute noch nicht in Betrieb. Eistraub warf vorsichtig ein, dass leider auch das unmöglich war, da Harri Wong den ganzen Tag mit dem Bus unterwegs war, dessen Route nicht annähernd hier vorbeiführte. Um das Ganze abzukürzen, schaltete sich jetzt Isabelle ein und bat Rirsch, einfach die Seilbahn einzuschalten, sie würden jede einzelne Gondel überprüfen. Rirsch setzte einen skeptischen Blick auf, der seine Meinung zu der ganzen Angelegenheit mehr als deutlich werden ließ, drehte sich aber folgsam um und ging zum Stationshäuschen voraus.

Eistraub war dankbar, dass seine Kollegin den »groben« Teil der Amtshandlung übernahm, denn Rirsch, der sich mit dem Job etwas zu seiner Pension dazuverdiente, war früher Eistraubs Volksschullehrer gewesen und übte auf ihn immer noch dieselbe Autorität aus wie damals auf den kleinen Arthur.

Rirsch legte jetzt mit der Sanftmut eines Preisboxers den Hebel zur Schalteranlage um, und mit einem unsäglichen, metallenen Scheppern, das wie Gesang aus der Schrottpresse klang, setzten sich die alten Gondeln in Bewegung. Dabei wehte der Schnee des Vortags von den Dächern, stürzte in Klumpen in die Tiefe und stob am Boden auseinander, wo er sich leise auf das bereits vorhandene Weiß legte.

Eistraub beobachtete, wie Rirsch die auf sie zuwackelnden Gondeln allein mit seinem Blick durchleuchtete, so wie er früher schon die Federpennale von Eistraub und seinen Freunden aus der Ferne auf Schummelzettel untersuchen konnte. Viele Leute dachten, dass es am Land leichter war, Polizist zu sein, als in der Stadt. Weil man die Leute kannte und einen besseren Draht zu den Menschen hatte. Bei kleineren Aufgaben schien das zu stimmen, aber sobald es ungemütlich wurde, wenn es beispielsweise um das Bergen von Unfallleichen oder das Sichern von Tatorten ging, wurde der Job am Land zur persönlichen Herausforderung.

Isabelle hatte in den Dienstjahren davor Glück gehabt. Die Menschen zu kennen, hatte ihr bei Lokalstreitigkeiten mehr als einmal Probleme erspart, und die Verkehrstoten, die sie im Dienst erlebt hatte, waren alle von außerhalb gewesen. Diesmal war es anders. Als die erste Gondel im Stationshäuschen einfuhr, sahen Rirsch und die zwei Exekutivbeamten etwas, das ihre Kinnladen zu einem Duell aufforderte. Eistraub gewann, seine Kinnlade war am schnellsten unten, die des Stationsleiters belegte einen respektablen zweiten Platz. Die von Isabelle blieb abgeschlagen zurück, gab der Schwerkraft nur leicht, aber doch nach.

Dort in der Gondel saß der Polizeikollege Bacher, allerdings nicht in seiner Polizeiuniform, sondern in der Toga eines römischen Herrschers. Seine Kehle war durchgeschnitten, und der leblose Körper des Polizisten war an seinem Sitz festgefroren. Daneben – saß Harri Wong. Auf der Stirn eine Krone.

Isabelle hatte Bacher gekannt, seit sie zusammen auf der Hauptschule gewesen waren, und er galt schon damals als ernst zu nehmender Anwärter auf den Titel des größten Vollidioten diesseits der Baumgrenze. Eistraub sah das ganz ähnlich, Bacher war nicht nur ein Trottel, er war ein gemeiner Trottel, und das waren die schlimmsten. Hinterfotzig, manipulativ und unauffällig. Wie ein leiser Furz, den man erst bemerkt, wenn es zu spät ist. Es war kein Zufall, dass Eistraub diese Assoziation in den Sinn kam, Bacher hatte zeit seines kurzen Lebens in etwa den CO_2-Ausstoß eines Gaswerks gehabt. Seine Leiche zu bergen, noch dazu drapiert wie ein römischer Herrscher, war zwar etwas, das man nicht alle Tage erlebte, aber es ging ihm persönlich ebenso wenig nahe wie Isabelle. Bei dem zweiten Toten war das anders.

Eistraub hatte Harri Wong seit seinem fünften Lebensjahr gekannt. Er erinnerte sich deshalb so genau, weil es Harri war, der ihm im Sandkasten des Klosterkindergartens seine Schaufel geklaut hatte. Am nächsten Tag hatte Eistraub ihm seine Schuhe versteckt.

Das hatte er später bereut, denn der arme Harri hatte sich auf den kalten Fliesen eine Lungenentzündung geholt, die mit der Grund dafür war, dass der Busfahrer auf einem Ohr taub war und nicht wie geplant Musiker werden konnte. Eistraub war also in gewisser Hinsicht dafür verantwortlich, dass Harri nie erfahren hatte, was Stereofonie war, und in einem klapprigen Bus durch die Gegend fuhr, während er eigentlich auf der Bühne eines Konzertsaals sitzen wollte.

Jetzt saß er tot in einer Seilbahngondel, und obwohl das nicht Eistraubs Schuld war, fühlte er sich so. Und Isabelle, die Harri nicht kannte, aber zum ersten Mal in ihrem Leben nicht nur ein, sondern gleich zwei Mordopfer vor sich hatte, erreichte die Grenze des Fassbaren: Was zum Teufel war hier los? Waren plötzlich alle verrückt geworden?

6

Die Frage, ob »alle verrückt geworden waren«, hatte Meiberger schon oft von Patienten gehört, die am Rande eines Nervenzusammenbruchs standen. Dahinter versteckte sich meist nichts anderes als emotionale Überforderung, eine Vorstufe des Burn-out oder eine temporäre Erschöpfungsdepression. Tatsächlich aber fußte dieses Gefühl der Hilflosigkeit angesichts einer verrückt gewordenen Welt auf einem Faktum, das Fachmännern wie Meiberger wohlbekannt war, von der Gesellschaft aus offensichtlichen Gründen allerdings totgeschwiegen wurde: So etwas wie »geistig stabil« gibt es nicht. Jeder Mensch hat einen Hang zum Verlust des eigenen Verstandes, der eine mehr, der andere weniger. Das war für sich genommen kein Problem, die tatsächliche Problematik bestand im Umkehrschluss. Meiberger ging jetzt in schnellen Schritten den Makartsteg entlang und blickte über die Menschen im frühmorgendlichen Trubel um ihn herum.

Jeder von ihnen konnte unter den richtigen Umständen den Verstand verlieren. Und zwar ohne äußerlich klar sichtbare Vorzeichen. Wenn ein Gewaltverbrechen oder ein Mord geschah und man Meiberger beauftragte, mit dem Umfeld zu sprechen, gab es meist zwei Reaktionen. Die erste war, dass alle erstaunt waren. »Was, der? Der is doch nie aufg'fallen, so ein netter Mensch.« So oder so ähnlich bekam man es unmittelbar nach der Tat immer zu hören, niemand wollte etwas bemerkt haben. Sprach man ein paar Wochen später noch mal mit dem Umfeld, war das Bild ein anderes. Plötzlich erinnerte sich jemand an die ein oder andere Auffälligkeit, jemand anderer wunderte sich, dass er dieses oder jenes Warnsignal nicht erkannt hatte.

Die Wahrheit, die dahintersteckte, war die: Wir würden alle miteinander wahnsinnig werden, wenn wir nicht die Fähigkeit hätten, Auffälligkeiten unseres Umfelds auszublenden. Womit sich der Kreis schloss. Als ob die Stadt Meibergers theatralische Stimmung kommentieren wollte, drang mit einem Mal das Läuten der Salzburger Kirchenglocken durch den anbrechenden Morgen.

Für eine Sekunde dachte er an die Kirchenbesuche mit seiner Mutter, und aus einem ihm unerfindlichen Grund führte die Gedankenbrücke ihn zurück zu seinem Studium. Ihm kam das eine Störungsbild in den Sinn, das er im ICD-10 Kapitel V immer überblätterte – weil es ihm Angst machte: die multiple Persönlichkeitsstörung, die für ihn reinste Form des Todes. Ein Tod ohne Wiederkehr, ohne einen Funken theologischer Hoffnung. Der Tod der Persönlichkeit, die durch eine andere übernommen wurde. Die verhallenden Kirchenglocken unterbrachen Meibergers Gedanken. Er war jetzt schon eine Stunde lang durch die Altstadt gewandert, auf der Suche nach einer dienstbereiten Apotheke, wo er Verbandszeug für seine Wunden bekommen würde. Ins Spital zu gehen war was für Weicheier und schon deshalb keine Option mehr, weil auch Eva das abgelehnt hatte. Sie hatte sich von ihrem Vater abholen lassen, der zum Glück keine Fragen gestellt hatte. Eigentlich hätte sie sich unter Polizeischutz stellen lassen müssen, aber sie behauptete, der Täter würde sie im Haus ihres Vaters, zu dem sie nur noch sporadisch Kontakt hatte, nicht finden können. Natürlich wäre es vernünftig gewesen, das anzuzweifeln und ihr den Weg zum nächsten Polizeiposten zu empfehlen, aber wer war er, dass er ihr Vorschriften machen konnte? Und mit welchem Argument? Ihr »Polizeischutz« Bacher hatte sie schon im Stich gelassen und war jetzt sonst wo.

Meiberger ging weiter, vorbei an einer sorgsam im Zentrum aufgebauten Weihnachtskrippe, vollkommen aus Holz und von einem Künstler geschnitzt, der offenbar auf Straßenaktionen wie diese angewiesen war, um ein Auskommen zu finden, denn vor der Krippe lag ein Münzteller mit Centstücken. Die Krippe war schön gestaltet, es war ehrliche, harte Arbeit. Meiberger zückte mit rauchendem Atem seine Geldbörse und warf dem anonymen Künstler einen Euro in den Teller, wobei sein Blick auf dem Jesuskind verharrte.

Da war er plötzlich in Meibergers Kopf, der Widerspruch. Ein Wald, den er vor lauter Bäumen nicht gesehen hatte. Das Alter berücksichtigte der Täter zwar nicht, das entsprach bei keinem seiner Opfer akkurat den Vorgaben der biblischen Geschichte, wohl weil es ihm um die reine Optik ging, und die war nur bedingt altersabhängig. Aber: Neben der Optik hatte er das Geschlecht immer respektiert. Und das machte eine Frage unausweichlich. Warum hatte der Täter die kleine Marie als Jesuskind ausgewählt?

Warum ein Mädchen? Das passte nicht zum Täterprofil.

7

Viele Menschen haben ein Lieblingswort. Für Polizeipräsident Richard Potz war dieses Wort »freier Tag«. Nicht nur, dass er an diesem Tag nicht arbeiten musste, er hatte vor allem Zeit für seine Frau. Dieser eine Tag in der Woche gehörte Inge und ihm.

Das war auch deshalb etwas Besonderes, weil der sensationelle Karrieresprung, den Potz in den letzten Jahren gemacht hatte, seinen Tribut forderte. Er hatte an Gewicht zugelegt, musste jetzt sogar Blutdruckmittel nehmen, und das alles nur, weil er den ganzen Tag in einem Büro sitzen und Berichte absegnen musste. Dazu die verdammten Geschäftsessen und beruflichen Termine. Das schlug sich auf die Figur. Und auf die Seele. Natürlich war das Gehalt eine schöne Entschädigung, aber in stillen Momenten bereute er manchmal fast, sich für die Karriere entschieden zu haben. Seine Ehe mit Inge hatte wirklich massiv gelitten, und Potz, dem das allen Klischees zum Trotz nicht egal war, versuchte, das bei jeder sich bietenden Gelegenheit zu kompensieren. Auch heute tat er das. An diesem seinem freien Tag hätte Potz fast als Romantiker durchgehen können, mit seinen Blumen von der Tankstelle und der Bonbonniere, die er seiner Sekretärin geklaut hatte.

Die bekam ohnehin zu viel von dem Zeug, lächerlich, wie die Idioten dachten, sie könnten bei ihr naschen, wenn sie ihr nur was Süßes hinstellten. Richards Sekretärin war glücklich verheiratet, darauf hatte Inge geachtet, als sie die Bewerbungen mit ihm durchging. Selbst wenn Richard es versucht hätte, was er nicht tat, er wäre genauso bei ihr abgeblitzt wie die hormongesteuerten Hornochsen aus der Buchhaltung, die jede Woche etwas länger beim Kopieren brauchten, nur um in ihrer Nähe zu sein.

Richard musste zugeben, dass er manchmal an seine Sekretärin dachte, wenn er und Inge gerade dabei waren, aber das war okay, Inge ihrerseits dachte immer an den Praktikanten bei der Arbeit. Den mit dem knackigen Hintern. Wie hatte ihre Mutter immer gesagt? »Gusto kann man sich überall holen, aber gegessen wird daham.« Inges Mutter hatte Tausende solcher Lebensweisheiten auf Lager, von ihr hatte Inge auch gelernt, dass Sex, Liebesfilme und Essen die drei schönsten Dinge im Leben waren.

Wenn man die drei schönsten Dinge des Lebens also an einem einzigen Abend hatte, dann konnte das ja nur gutgehen. Nachdem Richard den furchtbaren Schnulzenfilm und Inges noch furchtbarere Spaghetti über sich ergehen hatte lassen, konnte es endlich losgehen mit dem Spaß. Richard und seine Angetraute waren gerade zu einer leidenschaftlichen Einheit verschmolzen, die ihr Doppelbett in regelmäßigen Stößen zum Quietschen brachte, als sein Telefon läutete. Normalerweise überhörte Richard das einfach.

Aber diesmal war es das Festnetz. Und das war nicht gut. Inge verkrampfte die Hände in seinem

Rücken und die Schenkel um seinen Hintern. Jetzt bloß nicht aufhören. Richard erfüllte pflichtbewusst seine ehelichen Pflichten, und sein Atem in ihrem Ohr machte Inge ebenso scharf wie die Regelmäßigkeit seiner Bewegungen, als – schon wieder dieses verdammte Klingeln! Der Anrufer ließ es darauf ankommen, es läutete jetzt ununterbrochen.

Inge verlor die Beherrschung. Sie stieß Richard von sich weg, der zur Seite stürzte wie eine Robbe, der man eine über den Kopf gezogen hatte. Inge schlang einen Nachtmantel – der objektiv betrachtet eher wie ein Partyzelt aussah – um ihre Rundungen und trampelte die Treppe nach unten. Wer immer da jetzt anrief, dem würde sie gleich was erzählen, so viel stand fest. Richard quälte sich hoch, er schlüpfte in seine Hose, die um den Bauch wieder etwas enger war – deppater Wäschetrockner! –, und versuchte, seine Frau einzuholen, bevor sie am Ende noch dem Innenminister oder einem anderen ranghohen Gesellschaftsmitglied in Mundart mitteilte, was sie von ihm oder ihr hielt. Richard schaffte es tatsächlich, das Telefon vor Inge zu erreichen. Und als Nepo dran war, war er erleichtert.

Als dieser ihm den Grund des Anrufs erklärte, nicht mehr. Drei weitere Menschen waren tot, die fehlenden zwei der Heiligen Drei Könige und der zum Schutz einer Zeugin abgestellte Bezirksinspektor, dem der kranke Wixer von Täter aus unerkenntlichen Gründen eine römische Toga um den Körper gebunden hatte. Die Zeugin war zuletzt mit einem

Psychologen gesehen worden, dummerweise hatte man dessen Auto ausgebrannt einen Kilometer weiter gefunden. Der Psychologe weigerte sich, den Aufenthaltsort der Zeugin preiszugeben, womöglich aus Trotz, weil Nepo ihm zuvor den Fall entzogen hatte. Richard musste lachen. Nepo am anderen Ende der Leitung verstummte.

Richard entschuldigte sich, gab an, sich aus dem Büro wieder zu melden, und legte auf. Das Lachen war einem Anflug hysterischer Verzweiflung geschuldet. Einerseits dem Schock über das ihm Mitgeteilte und andererseits der Tatsache, dass Richard im selben Moment das Zelt vor seinem Bauch auffiel, das sich in seinen Boxershorts aufgebaut hatte. Der kleine Richie Potz war eben immer noch bereit, und das war angesichts der Situation schon ziemlich skurril, da konnte man schon mal lachen, vor allem, wenn man nicht weinen wollte. Richard wusste nämlich noch etwas. Der Job, den er in klassischer Beamtenmanier als sicher wahrgenommen hatte, wackelte von diesem Moment an ebenso wie der jährliche Luxusurlaub auf Mallorca. Wenn sie es nämlich mit einem Serientäter zu tun hatten, und das war relativ klar, dann würde es Richards Schuld sein, wenn die Polizei ihn nicht fand. Und dass seine Leute auch nur den Hauch einer Chance hatten, danach sah es im Moment leider überhaupt nicht aus. Die Opfer fielen um wie die Fliegen, und die junge Bergsteigerin, die eigentlich unter Polizeischutz stehen sollte, war verschwunden. Schöne Scheiße. Damit war der freie Abend definitiv im Eimer. Potz würde versuchen müssen, die Sache gegenüber den Medien abzuwiegeln, und Nepo musste Ergebnisse liefern. Nepo, den Potz noch nie so zerstreut erlebt hatte.

War das Verschwinden des kleinen Mädchens auch für ihn eine emotionale Herausforderung nach der Sache mit seinem Stiefsohn? Diesen Meiberger hatten sie schon abgezogen, natürlich unter einem Vorwand, aber wäre das auch bei Nepo nötig? Potz überlegte. Und kam zu dem Schluss, dass er keine Wahl hatte. Kurzfristig einen neuen Kripovertreter auf der Ebene auszutauschen, war nicht möglich. Sie hatten keine Zeit, weil das kleine Mädchen keine hatte – also musste Nepo wohl oder übel liefern. Und Potz konnte nur für sie alle hoffen, dass er dazu in der Lage war.

8

Es war inzwischen fünf nach neun am Morgen, und Meiberger, der seit Punkt neun Uhr einen Anruf von Alex erwartete, saß wie auf Nadeln. Alex hatte versprochen, gleich in aller Früh den Besitzer des Wagens bei seinem Kripokontakt auszuheben. Den Mann, der sie gerammt hatte, den Täter. Er würde ihn gleich auf dem Silbertablett serviert bekommen, es konnte nicht mehr lange dauern.

Als das Handy läutete, sprang Meiberger auf wie eine gespannte Feder, aber es war nur Ganslinger. Meiberger versuchte, ihn umgehend loszuwerden, doch Ganslinger war äußerst hartnäckig, er habe eine wichtige Mitteilung zu machen, man habe den dritten König gefunden. Meiberger verstummte für eine Sekunde. Er zögerte, dann stellte er die für ihn entscheidende Frage: Was meinte die Kollegin dazu? Die, mit der sie ihn ersetzt hatten?

Was Ganslinger jetzt nach einem deutlich vernehmbaren Zögern sagte, ließ Meiberger für mehr als eine Sekunde verstummen. Es gab gar keine Kollegin. Nepo hatte den Fall allein durchgezogen, ohne Meiberger. Warum Nepo ihn angelogen hatte, konnte auch Ganslinger ihm nicht beantworten, und der Verdacht, den Meiberger sogleich hatte, gefiel ihm nicht. Hielt Nepo ihn am Ende für befangen? Und wenn das so war, war Nepo selbst es am Ende nicht auch?

Der Einzige, der emotionslos an die Sache herangehen konnte, war ausgerechnet Ganslinger, der sich nicht weiter mit den üblichen Zwistigkeiten zwischen Meiberger und Nepo aufhielt, sondern direkt zum Ausgangspunkt seines Anrufs zurückkehrte: dem dritten König. Bei der Überprüfung des Tatorts hatte sich eine Ungereimtheit ergeben, die Meiberger sicherlich interessieren würde.

Der Mörder hatte Harri Wong auf dem Nachhauseweg aufgelauert, daran bestand kein Zweifel. Zog man nun Meibergers Aussage zu seinem Unfall von gestern Abend hinzu, entstand ein großes Aber: Es war zeitlich unmöglich, von der Landstraße, an der Meibergers Unfall passiert war, zu der Stelle zu kommen, wo der Täter Wong aufgelauert hatte. Es war ein Widerspruch.

»Der Täter kann nicht an zwei Orten gleichzeitig gewesen sein.«

Während Ganslinger dachte, Meiberger eine beruhigende Nachricht überbracht zu haben, bewirkte das bei Meiberger das genaue Gegenteil. »Der Teufel schon«, dachte er und spürte, wie seine Nackenhaare sich aufstellten. Trotzdem, es war der zweite Widerspruch. Das Mädchen hätte ein Junge sein müssen, und die beiden Vorfälle überschnitten sich.

Meiberger packte eine beunruhigende Vermutung. War er ihr am Ende wieder aufgesessen – der Kausalattribution?

Kapitel IV

NICHTS IST, WIE ES SCHEINT

1

KAUSALATTRIBUTION, DIE, beschäftigt sich im Allgemeinen mit der Ursachenzuschreibung und demnach mit der Zuordnung von Ereignissen zueinander, deren kausaler Zusammenhang nicht erwiesen ist. Ein im Alltag häufig vorkommender, per se nicht ungewöhnlicher Mechanismus der menschlichen Psyche. Der Mensch fügt beobachtete Ereignisse, die inhaltlich zueinander kohärent scheinen, automatisch zusammen, was dem Zweck einer Strukturierungsfunktion dient. Für das zwischenmenschliche Zusammenleben ist die Kausalattribution unabdingbar, speziell im Bereich der Sozialpsychologie spielt sie eine entscheidende Rolle.

FALLBEISPIEL 1: Stellen Sie sich vor, Sie blicken aus dem Fenster Ihrer Wohnung in einem Mehrparteienwohnhaus und sehen den Postboten aus seinem Auto steigen. Sie widmen sich wieder etwas anderem, als es gleich darauf an der Tür läutet. Mit hoher Wahrscheinlichkeit gehen Sie davon aus, dass der Postbote bei Ihnen geläutet hat, da das Läuten an Ihrer Tür und das Ankommen des Postboten zeitlich zusammentreffen.

Dazu bedient sich Ihr Gehirn der Kausalattribution. Sie verknüpfen zwei Ereignisse, ohne tatsächlich einen Beweis für deren kausalen Zusammenhang zu haben. Es ist möglich, dass jemand anderes bei Ihnen läutet, aber das würden Sie in diesem Moment nicht als Erstes in Betracht ziehen.

FALLBEISPIEL 2: Stellen Sie sich vor, Sie lesen in einem Kriminalroman mit dem Titel *Perchtenjagd – Ein Meiberger-Krimi* von der Entführung eines kleinen Mädchens, bei deren Suche ein Psychologe namens Meiberger eine wichtige Rolle als Berater spielt. Gleichzeitig tauchen Sie in die Seele eines teuflischen Psychopathen ein, der Meiberger beobachtet und darauf aus ist, »noch weitere Menschen holen« zu wollen. Sie verknüpfen diese beiden Ereignisse in Ihrem Kopf und gehen automatisch davon aus, dass der Täter, dem Meiberger auf der Spur ist, auch der Entführer der kleinen Marie vom Adventmarkt in St. Wolfgang sein muss.

Tatsächlich hat die eine Sache aber mit der anderen gar nichts zu tun. Der Krippenspiel-Täter, der Teufel, hat das entführte Mädchen nie getroffen.

2

Die Kälte erst war es, die die Wärme spürbar machte. Der Teufel schloss die Augen und atmete den Moment ein. Hätte er sich an einem normalen Tag so gefreut, seine Hände in die warmen Taschen stecken zu können? Hätte er die Erleichterung spüren können? Wohl kaum. Seine Schritte auf dem Eis waren die knirschende Bestätigung der abfallenden Temperaturen, die Natur strahlte Kälte und Bedrohung aus, aber auf Weihnachten war Verlass. Es war der 23. Dezember, und der schon am frühen Vormittag gut besuchte Adventmarkt in der Salzburger Altstadt war genau das, was der Teufel sich erhofft hatte. Dampfende Punschbecher, der Duft von karamellisiertem Zucker, wohliger Rauch über den Altstadthäuschen und Standeln mit Holzspielzeug wie aus der guten, alten Zeit. Familien und Freunde, die zusammenstanden, lachten, den Rauch vor ihren Gesichtern weglächelten, der Dunkelheit trotzten mit hellen Pullovern und Mützen. Glasbläserkugeln, festlich von Hand bemalt, und die Flötenmusik, die über allem lag wie ein Segen von oben.

Vor Kurzem erst war er auf dem Adventmarkt in St. Wolfgang gewesen, auch da schwebte diese zarte Flötenmusik durch die Luft. Er, oder besser gesagt seine bürgerliche Existenz, der Rest seiner menschlichen Seele, war eigentlich aus anderen Gründen dort gewesen, aber der Teufel, der diesen Körper im Stillen übernommen hatte, hatte auch dort längst andere Pläne verfolgt. Er hatte eine Gabe unter den Marktständen gesucht, einen schön bemalten Baumschmuck oder ein Brauchtumssymbol, das er dem ersten König in die Tasche stecken wollte, bevor er ihn auf den Berg bringen würde.

Gegen diese spontane Idee allerdings hatte der analytische Verstand des Teufels protestiert. Weil der Kauf allein den ganzen Plan gefährdete, denn auch wenn das Risiko gering war, bestand es doch darin, dass jemand das Gekaufte zum Marktstand zurückverfolgen und die Verkäufer befragen könnte. Im selben Moment, als er den Plan verwarf, sah er weiter hinten, in Richtung Wolfgangsee, etwas am Boden liegen. Einen kleinen Teddybären, der im nassen Schnee lag. Maries Teddy.

Der Teufel hatte nichts damit zu tun, dass sie ihn verloren hatte, er hatte den Teddy einfach nur gefunden und eingesteckt, bevor die anderen es tun konnten, die Männer und Frauen in ihren Uniformen, die im Licht der Adventstandeln reflektierten und dem Teufel eine Freude machten.

Der Teddybär war ein Geschenk des Himmels, genau das Richtige, um es dem ersten König für das Jesuskind mitzugeben.

Mittlerweile hatte der Teddy seine Aufgabe erfüllt, die Bergsteigerin und ihr Freund hatten ihn gefunden. Somit waren auch sie Teil des Spiels geworden. Den Mann hatte er schon geholt, nur die Frau, die war ihm entglitten. Das tat dem Teufel weh, und er versuchte, sich in den Trost des Salzburger Adventmarkts zu flüchten, in den Zauber der Musik, den Geruch der gebrannten Mandeln.

Während der Teufel seine Sinne im Zauber der Vorweihnacht betäubte, saß nur einen halben Kilometer weiter sein Gegenspieler Meiberger nach wie vor auf Nadeln, als er versuchte, die Widersprüche aufzulösen, die sich an allen Ecken auftaten. Gerade als er sich fragte, warum er von Alex noch immer nichts gehört hatte, begann sein Handy zu klingeln. »ALEX RUFT AN«. Meiberger nahm sofort ab, und die Neuigkeiten, die Alex für ihn hatte, ließen seinen Blutdruck binnen Sekunden durch die Decke gehen.

Alex' Kripokontakt hatte tatsächlich den Besitzer des Fahrzeugs ausgewiesen, der vor Evas Haus geblitzt worden war und der sie beide später von der Straße gedrängt hatte. Streng genommen war er nicht der Besitzer, denn es handelte sich um einen Leihwagen, doch der Mieter konnte bereits ermittelt werden. Offenbar hatte er Meiberger nach dem Unfall noch beschattet, denn den Handydaten nach, die man ebenfalls ausgehoben hatte – ausnahmsweise waren bei der Kripo sofort sämtliche Warnsignale angegangen –, musste er in der Nähe der StageBar gewesen sein, als Meiberger sich nach dem Unfall noch mit Alex getroffen hatte. Wagen und Fahrer waren bereits zur Fahndung ausgeschrieben. Und als Alex nun endlich den Namen nannte, erstarrte Meiberger.

Es war Daniel Tettmann. Der Vater der kleinen Marie.

3

Weißt Du schon, was Du Dir zu Weihnachten wünschst? Ich schon. Ich will, dass der Mann, der sagt, dass er mein Papa ist, mich wieder zurückbringt. Er hat mich einfach mitgenommen, wie die Monster gekommen sind, die Mama hat es nicht mal gemerkt. Ich hab gehört, wie sie mich gerufen hat, aber ich hab nichts sagen können, weil seine Hand auf meinem Mund war. Ich wollte ihn beißen und schreien. Aber ich hab Angst gehabt. Ich hab nix gemacht, und dafür schäm ich mich jetzt, weil die Mama mich gerufen hat, so laut. Der Mann, der hat mich mitgezogen, und dabei hab ich meinen Bärli verloren. Er hat ihn mich nicht holen lassen. Und die Mandeln, die hab ich auch verloren, die Tüte ist auf dem Boden gelegen, direkt neben dem Bärli, aber da hat er mich schon ins Auto gesetzt und ist losgefahren. Das Auto hat geschrien, so wie es jetzt schreit, und ist schneller geworden, so wie jetzt.

4

Das, was Marie als ein Schreien des Autos wahrnahm, war in vielerlei Hinsicht tatsächlich ein Hilfeschrei, es war der Motor, der aufheulte, weil Daniel den Fuß nicht vom Gas nahm. Er schaltete hoch wie ein Rennfahrer, scherte sich einen Dreck darum, wie rutschig die Fahrbahn war oder wie laut der Streuschotter gegen die Karosserie prasselte, er wollte nur so schnell wie möglich weg. Daniel hatte bis zum Vormittag gewartet, weil er wusste, ein einziges Auto bei Nacht fällt grundsätzlich viel mehr auf als eines von Hunderten auf einer viel befahrenen Schnellstraße. Es war so, wie sein Vater immer gesagt hatte: »Manchmal versteckt man sich am besten mitten im Getümmel.«

Daniel hatte ursprünglich geplant, gleich am nächsten Tag mit Marie wegzufahren. Das Hotel hätte nur für eine Nacht sein sollen. Seine Debitcard war ohnehin schon überzogen, hatte aber noch funktioniert, für Daniel einer der vielen mentalen Schulterklopfer, ein Hinweis von oben, dass er auf dem richtigen Weg war, dass das, was er tat, gerechtfertigt war.

Dummerweise hatte die Polizei ihn verständigt, und wenn er nicht gekommen wäre, hätte er den Verdacht sofort auf sich gelenkt. Also blieb er. Anfangs lief alles gut, selbst der Psychologe schien nichts zu vermuten. Aber warum dann der Polizeischutz, warum der Aufruhr? Daniel war dem Psychologen gefolgt, um rauszufinden, wie viel sie wussten. Er hatte vor dem Haus in den Bergen gewartet, und als der Psychologe dann plötzlich mit Vollgas losgefahren war, hatte Daniel gedacht, er hätte ihn entdeckt, also gab er selbst Vollgas und raste aus dem Ort.

Von da an hatte die Paranoia in Daniels Kopf den Rest seiner klaren Gedanken aufgefressen, so wie die Angst immer alles auffrisst. Schlafmangel und Koffeintabletten taten ein Übriges. War das helle Licht von einem Gewitter gekommen, oder war er geblitzt worden? Kurzerhand hatte er die Rezeptionistin wie verrückt nach dem Wetter befragt, doch die sah ihn nur mit großen Kuhaugen an. Um sich zu beruhigen, hatte er sich an der Hotelbar 2-Euro-Shots bestellt, das waren die billigsten, und ein paar haben gereicht, damit die Gedanken weggingen. Aber nach dem Aufwachen war die Paranoia wieder zurück, schlimmer als zuvor. Also fuhr er zurück zum Haus, um selbst nachzusehen. Da war sie, die Radarfalle. Und noch schlimmer, der Psychologe und die Frau hantierten daran herum. Es gab nur einen Ausweg, er musste an den Film rankommen. Also fuhr er ihnen hinterher, aber es ergab sich keine Chance, sie standen unter Polizeischutz, der Einsatzwagen klebte die ganze Zeit an ihnen. Bis der Polizist irgendwann einfach verschwunden war. Und als er ihnen auch nicht folgte, als sie vom Parkplatz fuhren, wusste Daniel, dass das seine Chance war. Er wollte sie überholen, ausbremsen, zum Stillstand bringen. Dann hätte er den Psychologen überwältigt und den Film gestohlen. Ein guter Plan, wie in den Filmen, dort funktionierte das doch immer so. Aber in der realen Welt verhielten sich Autos nicht nach der Betriebsanleitung, dort gab es unplanbare Faktoren, wie Schotter und Glatteis. Jedes Ausweichmanöver war ein Risiko, aus der Kurve zu schlittern, und ein kurzer Moment der Unachtsamkeit konnte eine Katastrophe auslösen. Wie um das zu bestätigen, brummten jetzt die Reifen auf, er war auf die Seitenlinie gekommen, ruckartig korrigierte Daniel die Spur, blickte in den Rückspiegel auf die besorgte Marie, dann wieder nach vorn auf die Autobahn, die viel zu voll war, um weiter zu beschleunigen. Trotzdem tat Daniel es. Er musste weg, das war das einzig Wichtige.

Auf dem Rücksitz wurde Marie vom Bleifuß ihres Vaters in den Sitz gedrückt. Dass er ihr Vater war, das hatte er immer wieder gesagt, erinnern konnte sie sich aber nicht an ihn.

Das war es, was Daniel am meisten wehtat, er hatte noch klar die Bilder vor Augen, wie er Marie kurz nach der Geburt im Arm gehalten und mit der Hebamme gebadet hatte. Maries Mutter war nach dem Kaiserschnitt zu schwach gewesen, um sie zu halten, also war er der erste Mensch, der die kleine Marie im Arm wiegte, er, der Vater, und er erinnerte sich noch genau, wie sie aufhörte zu weinen, als er ihr über den Kopf streichelte. Wie sie seine Stimme erkannte, die Stimme, die sie im Mutterleib gehört hatte, denn egal, was Maries Mutter jetzt auch sagte, er war da gewesen, er hatte sich um seine Tochter kümmern wollen. Die Probleme fingen erst an, als

Marie tatsächlich »da« war. Niemand sagte einem das, aber die ersten Wochen und Monate nach der Geburt waren die schlimmsten.

Erschwerend kam hinzu, dass Daniel und Maries Mutter nie glücklich gewesen waren. Sie hatten sich in einer Bar kennengelernt, die er nur besucht hatte, weil er schnell pinkeln musste, und sie, weil sie Zigaretten holen wollte. Sie waren sich aus purem Zufall über den Weg gelaufen, am Automaten vor den Toiletten, waren ins Gespräch gekommen, er hatte sie zu ihrem Fahrrad begleitet, das, wie er noch genau wusste, ein Männerfahrrad war, aber er hatte sie nie gefragt, wem es eigentlich gehörte. Wahrscheinlich einem Ex-Freund, aber nicht einmal das wusste er über sie. Nur dass sie schön war, mit ihren ausgewaschenen Jeans, den zu Zöpfen geflochtenen Haaren und den traurigen Augen. Fast beiläufig hatten sie sich für den nächsten Abend verabredet, zum Filmschauen bei ihm. Keine elegante Einladung, kein Essen oder Kino, aber es war Ende des Monats, und was anderes war da nicht drin. Sie war trotzdem gekommen, wenn auch nur, um der verrauchten Bude ihrer Mutter zu entgehen, die ihr jeden Tag mit »Bewerbungsschreiben« in den Ohren lag, wie sie ihm mit einem Lächeln erzählt hatte, das traurig, aber wunderschön war. Sie hatten mehr aus Langeweile, denn aus Leidenschaft miteinander geschlafen. Und zwei Monate später hatte sie ihm gesagt, dass Marie unterwegs war. Niemand würde ihm seine Tochter wegnehmen. Er würde sie zu sich holen. Es war ein absurder Plan, aber er funktionierte. Marie war bei ihm, so wie direkt nach der Geburt. Sie würden ein unvergessliches Weihnachten zusammen feiern, an das sie sich für immer erinnern würde. Und sie würde ihren Papa lieb haben. In seiner Wohnung in Berlin hatte er schon alles vorbereitet. Weihnachtsbaum, Geschenke, Lichterketten. Daniel wischte sich den Schweiß von der Stirn, der jetzt in seinen Augen brannte, und musterte das Navigationsgerät.

Salzburg hatten sie längst hinter sich gelassen, sie waren auf der A8 Richtung München und … da ertönten Sirenen hinter ihnen. Daniel blickte in den Rückspiegel, sah erst die erschrockene Marie am Rücksitz und dann die beiden Einsatzwagen, die mit Blaulicht und Sirenengeheul hinter ihnen herrasten.

Daniel trat das Pedal noch stärker durch, und die kleine Marie fing an zu weinen, als sie auf ihre Art begriff, dass dieser Mann buchstäblich nichts mehr zu verlieren hatte. Keine Ehefrau, keine Tochter, kein Job, so gut wie kein Geld mehr und … Plötzlich war eine graue Wand direkt vor ihm. Ein Brückenpfeiler, der sich unausweichlich in seine Bahn geschoben hatte. Daniels Hände erstarrten am Lenkrad, er versuchte noch zu bremsen, aber bei einer Geschwindigkeit von hundertsechzig Stundenkilometern war das so, als ob man einen Waldbrand mit einer Spritzpistole löschen wollte.

Zwei Wagen weiter hinten, am Beifahrersitz eines der Streifenwagen, verfolgte Meiberger die Situation, und ihm stockte buchstäblich der Atem. Er wusste, dass die kleine Marie in dem Auto war, aber er konnte nur hilflos zusehen, wie es, nicht zuletzt aufgrund der von ihm initiierten Verfolgung, mit Vollgas auf den Betonpfeiler zuraste.

Dann kam der Aufprall.

Die Lichter des Wagens verabschiedeten sich als Erstes, sie zerbarsten in alle Richtungen. Stoßstange und Frontseite wurden mit einer Kraft von immerhin noch hundertdreißig verbliebenen Stundenkilometern nach vorne gepresst, während die Betonwand unbeweglich dagegenhielt. Die Front gab an der schwächsten Stelle nach, und was einmal der Fahrerraum gewesen war, wurde in Sekunden zu einer Todesfalle aus gesplittertem Glas und verbogenem Metall. Daniel hatte Glück, denn es ging schnell. Schneller als seine Synapsen das Schmerzsignal hätten übertragen können. Schneller als sein Verstand dabei war, die Situation zu begreifen. Daniel war sofort tot und der Fahrerraum zusammengequetscht wie eine Coladose. Und der Rücksitz, auf dem Marie saß – war wie durch ein Wunder unversehrt.

Als die Einsatzwagen stehen blieben und die Beamten sich langsam dem Schlachtfeld der Kollision näherten, konnte Meiberger sehen, dass nicht nur der Rücksitz unversehrt war, Marie war es auch. Sie stand unter Schock, kletterte perplex aus dem Auto, und Meiberger bückte sich, um sie aufzufangen. Als man in der LPD losgefahren war, hatte er reflexartig den Teddybären mitgenommen, der in einer Plastiktüte auf Nepos Schreibtisch lag. Nepo selbst, der diensthabende Aktenführer, war wie immer auswärts unterwegs, um beim Polizeipräsidenten oder irgendwelchen Amtsinhabern politisch Bericht zu erstatten.

Marie erkannte ihren Bärli sofort. Sie nahm ihn Meiberger aus der Hand, riss ihn aus der Plastiktüte und drückte ihn an sich. Meiberger drückte wiederum Marie an sich, die er jetzt hochhob und zu dem Streifenwagen trug, der sie zu ihrer Mutter bringen würde. Was an diesem Tag mit ihrem Vater passiert war, würde für den Rest ihrer Kindheit im Rahmen der guten, alten Verdrängung in Maries Unterbewusstsein eingefroren bleiben. In etwa zwanzig Jahren, am Tag ihrer Sponsion, würde das Trauma ausbrechen, und Marie würde einen Nervenzusammenbruch vor versammelter Familie bekommen, den sich niemand würde erklären können.

5

Der Teufel schenkte den Lichtern auf der Leinwand keine Beachtung. Es waren die Menschen davor, die sein Interesse weckten. Freude, Überraschung, Angst – so viele kostbare Emotionen, und eine einzige Filmrolle konnte sie auslösen. Die Strahlen des Projektors tauchten die Zuschauer in bläuliches Licht, und für den Teufel war es die größte Freude, die gespannten Gesichter zu beobachten. Er mochte die Menschen. Unter ihnen sein zu dürfen, das war das größte Geschenk. Am meisten mochte der Teufel den Moment unmittelbar nach dem Ende des Films, wenn die Zuschauer wie in Trance aus dem Saal taumelten. Teils noch in der Fiktion gefangen, teils wieder zurück in der Realität. Ein Gefühl zwischen Diesseits und Jenseits.

Der Teufel stand als einer der Letzten auf, er folgte der Menschenmenge aus dem Raum und konzentrierte sich auf die Mutter, die den Kinderfilm mit ihrem Dreijährigen angesehen hatte, den sie jetzt an der Hand hielt. Die Mutter – die Karo Meiberger war. Sie schlenderte entspannt in Richtung Ausgang, und der Teufel folgte ihr.

Die Neonreklamen überforderten seine Augen, und der Teufel wurde wieder daran erinnert, wie empfindlich der menschliche Körper doch war, kurz nachdem er ihn vollständig übernommen hatte. Das leichteste Licht konnte ihn blenden, und schon die harmloseste Verletzung raubte ihm die Konzentration.

Der Teufel ging jetzt unter dem dumpfen Licht der Laternen über den Parkplatz, auf der Suche nach dem alten Opel Kapitän, Karo im Augenwinkel, die ebenfalls zu ihrem Auto unterwegs war. Da durchdrang ein Gefühl seinen Körper, ein Gefühl, das er zu gut kannte. Die Vorfreude. Karo, die er seit zwei Tagen unbemerkt beobachtet hatte, war jetzt zum ersten Mal allein mit dem kleinen Alex an einem Ort, an dem niemand den Teufel sehen konnte. Die Planung hatte sich ausgezahlt. Der Moment, zuzuschlagen, war gekommen.

Kapitel V

DIE MUTTER

1

Als der Teufel noch klein war, endete sein Leben als Kind am Weihnachtsabend. Mit dem Duft der Kekse in der Luft und dem Blut seiner Mutter in den Fliesenrillen. An dem Tag hatte man ihm seine Welt genommen.

Danach war der Teufel nie wieder klein.

2

In der Landespolizeidirektion zeichnete der junge Winter Eisblumen ans Fenster, und Nepo war gut drauf. Er hatte gerade freudig die Lorbeeren für Meibergers Erfolg, das Auffinden des kleinen Mädchens, eingeheimst, als ein blasser Ganslinger auf ihn zuging. Entweder hatte ihm jemand in die Eier getreten oder die Schaumrolle geklaut. Leider war es ernster. Karos Mutter, Lena, hatte am Posten angerufen, sie wollte Nepo sprechen. Nepo spürte, wie sein Herzschlag beschleunigte. Schon bevor sein Ohr am Telefon war, konnte er hören, dass Lena weinte. Karo und der kleine Alex waren verschwunden. Als die beiden nach dem Kino nicht nach Hause gekommen waren, war Lena zum Parkplatz gefahren, da stand das Auto mit offenen Türen, außerdem lag Karos Handtasche am Boden daneben, die Lena jetzt in ihrer zitternden Hand hielt, in der anderen das Handy. Ganslinger, der bereits eine Streife losgeschickt hatte, wusste in diesem Moment, dass, was immer Karo zugestoßen war, mit dem Fall um die »Königsleichen« zu tun haben musste. Weil sie durch Maries Vater abgelenkt waren. Und weil es so war, wie Mama Ganslinger immer sagte: »Der Teufel erwischt dich, wennst nicht aufpasst! Wennst as am wenigsten erwartest.«

3

Im Mirabellgarten standen viele Parkbänke. Aber nur eine hatte die Kerbe, die daher kam, dass ein 23-jähriger Meiberger sich mit aller Kraft daran festgeklammert hatte. Damals, als er Karo zum ersten Mal geküsst hatte. Er sah sie heute noch vor sich. Kein Make-up, nichts Künstliches an ihr, nur ein ruhiges Lächeln und Augen, die ehrlich waren. Meiberger hatte damals etwas gespürt, das ihn gleichermaßen überraschte und überforderte. Karo liebte ihn. Das konnte er in dem Moment klar beurteilen, das war echte, nicht aufgesetzte Liebe. Meiberger wusste nicht, wie das möglich war, aber er spürte mit jedem seiner Sinne, dass es echt war. Das mag nicht eines gewissen blumigen Beigeschmacks entbehren, aber ihr Kuss auf dieser Parkbank war der zweitschönste Moment in Meibergers Leben. Weil die Fakten eben nicht immer nur grausam sind, sondern manchmal auch einfach nur schön. Übertroffen wurde dieser Moment in den Top Ten von Meibergers Erinnerungs-Sampler nur von dem Moment, in dem er Patrik zum ersten Mal im Arm halten durfte. In seinem ganzen Leben hätte Meiberger das nie ausgesprochen, man hätte ihn als Kitschisten und Weichei verspottet, besonders in den Männerrunden, in denen ein alter Macho wie er sich bewegte. Trotzdem stimmte es.

Karo war die Liebe seines Lebens gewesen und Patrik sein größtes Glück. Patrik war verschwunden, und wenn Alex und Fernando nicht gewesen wären, hätte er diesen Schicksalsschlag nicht überlebt. Ein Teil von ihm war damals gestorben, so wie ein Teil von Nepo seitdem nicht mehr existent war. Nepos Psyche war ohnehin ein gefährlicher Dachboden voller vor sich hinbrütender Kindheitstraumata, und insgeheim wusste Meiberger, dass Patriks Verschwinden etwas bei Nepo ausgelöst, etwas getriggert hatte. Auch er würde nie wieder so sein wie früher. Doch Meiberger hatte zu viel Respekt, um der Sache auf den Grund zu gehen, oder auch einfach nur Angst davor, denn insgeheim war Nepo einer der letzten Freunde, die er noch hatte. Und doch, oder vielleicht gerade deswegen, nagte Nepos Verrat so sehr an ihm. Er hatte ihn angelogen, hatte eine »Kollegin« erfunden, nur um ihn loszuwerden. Er hatte ihn und alles, was er war, infrage gestellt, ihre Freundschaft verraten.

Aber jetzt, in dieser Sekunde, war das alles nicht mehr wichtig. Denn seit Meiberger wusste, dass Karo vom Teufel geholt worden war, galt nichts anderes mehr. Er hatte ihr Kind verloren, aber er würde nicht auch noch Karo verlieren. Sie war alles, was von Patrik geblieben war, ihre Stimme, ihr Blick, und solange sie existierte, würde auch er weitermachen können, ohne sich aus dem Fenster zu stürzen, ohne diese verdammte Welt mit sich in die Tiefe reißen zu müssen. Und deshalb musste er sie finden, um jeden Preis.

Nepo, der jetzt wie eine tickende Zeitbombe mit kaputtem Zünder durch das klinisch gläserne Landespolizeikommando der Kripo rotierte, ging es genauso. So absurd es anmutete, ihre Liebe für dieselbe Frau machte Nepo und Meiberger in dieser Sekunde wieder zu engen Mitstreitern. Sie würden den Teufel finden, sie würden ihm Karo entreißen, weil sie die Einzigen waren, die es konnten. Für Nepo stand noch mehr auf dem Spiel, denn der Teufel hatte nicht nur Karo geholt, sondern auch seinen Sohn. Nepo war dem Nervenzusammenbruch nahe, und seine Kommandos an Ganslinger glichen einem einzigen aggressiven Hilfeschrei.

Meiberger, der wusste, dass Nepo am Limit und kurz davor war zusammenzubrechen, packte ihn, stürzte mit ihm in den Vorraum und machte Druck, bis Nepos breite Schultern gegen den Fensterrahmen knallten. Allen Anwesenden im LPD-Kommando klappten die Kinnladen nach unten, insbesondere Ganslinger, dem dabei ein Stück seines Krapfens aus dem Mund fiel. Nepo war zu überrumpelt, um sich zu wehren, und Meibergers Schwitzkasten wurde zu einer Umarmung, zwei verzweifelte Männer, die das Leben ausgekotzt und wiederverwertet hatte, Stirn an Stirn, mit Aggression in den Adern und Verzweiflung in den Augen.

»Ich hab den Patrik verloren, aber du verlierst dein Kind nicht …« Meiberger sprach klar und deutlich, sein Psychologeninstinkt ließ ihn selbst in dieser Extremsituation beruhigend auf sein Gegenüber einwirken. »Wir holen den Burschen, und wir holen die Karo. Und an was anderes denk ma nicht, bis ma's haben!« Die Stimme fest, der Blick überzeugt, aber Nepo, dessen Augen jetzt glasig waren, nickte nicht, er zitterte.

»Das sind die Ketten der Schuld ...« sagte er, in für ihn sonderbar artikulierter Schriftsprache. »Die Ketten der Schuld ...«

Meiberger, der wusste, dass Nepo immer mal wieder ein Goethezitat schmetterte, nicht umsonst war er der Sohn eines Deutschlehrers, beachtete es nicht weiter, aber Nepo schien auf den Satz fixiert zu sein, so als ob er eine Art Mantra wäre. »Die Ketten der Schuld, durch die wir nicht aufstehen können. Die Ketten der Schuld, in denen wir verbrennen.«

Meiberger war zu sehr aufs Wesentliche fokussiert, um zu fragen, was das zu bedeuten hatte. Sollte Nepo sich ruhig in die Theatralik eines literarischen Sprichwortes flüchten, wenn ihn das vorm Nervenzusammenbruch rettete. Er, Meiberger, hatte Wichtigeres zu tun, denn sein Verstand hatte sich noch nicht verabschiedet, er war Realist, Naturwissenschaftler und wie immer die einzige Hoffnung aller, während die Kripotrotteln versagten. So musste es sein, weil es nur so logisch war. Meiberger rüstete sein Ego jetzt zur Waffe hoch, der mentalen Vollautomatik, auf die immer Verlass war, wenn er gegen einen übermächtigen Gegner antrat. Er musste es schaffen, Karo und den kleinen Alexander zu finden, weil es keine Alternative gab. Und er würde Erfolg haben. Mit allen Mitteln.

Nepo packte ihn am Arm: »Sag mir, wo die Bergsteigerin ist.« Meiberger kapierte. Nepo wollte Eva hierherholen, auf den Posten, und sie als Köder für den Täter benutzen. Er schien denselben Vorsatz zu haben wie Meiberger: mit allen Mitteln.

4

Das Wasser floss in warmen Strömen über Evas Körper, es verwandelte die beschlagenen Glaswände der Duschkabine in einen geschützten Lebensraum, in dem sie alle Eindrücke des Vortags hinter sich lassen konnte. Zuletzt war sie als Jugendliche hier gewesen. Ihr Vater Ludwig hatte sie abgeholt und sie in ihr altes Zuhause gebracht, wo der Täter, wer immer er war, sie nicht finden würde. Direkt nach dem Unfall, da hätte sie alles drangesetzt, das Monster zu finden, es zu zerstören, ihm das Gleiche anzutun, was es ihr und Karl angetan hatte. Aber sie hatte selbst kapiert, dass sich verstecken die bessere Lösung war. Es entbehrte jedoch nicht einer gewissen Ironie, dass sie Zuflucht bei einem anderen Monster gesucht hatte, um dem eigentlichen zu entgehen. Aber daran wollte sie nicht denken, lieber ihre Gedanken ausnüchtern, kaltstellen.

Der Wasserhahn gab ein Quietschen von sich, als Eva ihn zudrehte, und sie erinnerte sich wieder, wie sehr sie das alles hier, diese Dusche, dieses Haus, hasste. Sie schob die Duschwand zur Seite, und eine beißende Kälte schlug ihr entgegen. Das eilig übergeworfene Handtuch war nur ein kleiner Trost gegen die Gänsehaut, die sofort ihren ganzen Körper überzog. Eva wickelte es enger um sich und ging zum Waschbecken, wischte den Beschlag vom Spiegel –

und blickte in zwei weit aufgerissene Augen. Hinter ihr stand ihr Vater Ludwig, der ihr ein weiteres Handtuch reichte.

Seine Miene war besorgt und bedrohlich zugleich, die alte Bergrettungsjacke scheinbar sein stetiger Begleiter, obwohl er seit vier Jahren pensioniert war. Seine Stimme ließ jeden Satz wie ein Kommando klingen, auch diesen.

»Wir müssen reden.«

5

Mit Karos aufgewühlter Mutter zu sprechen, war an diesem Abend, dem Vorabend des 24. Dezember, nicht einfach für Meiberger. Lena hatte ihn, ihren ersten Schwiegersohn, von Tag eins an ehrlich dafür gehasst, dass er ihre Tochter direkt nach der Matura verführt und geschwängert hatte und ihr damit die Chance auf ein Studium genommen hatte, während er sich als der große Herr Magister aufspielte. Und das hatte sie ihn auch bei jeder Gelegenheit spüren lassen.

Meiberger hatte erwartet, dass Lena ihn rauswerfen würde. Immerhin war Nepo der Lieblingsschwiegersohn gewesen und nicht er. Nepo, der jetzt auf dem Weg zu Eva war, um sie zu befragen, während Meiberger versuchte, von Lena irgendetwas zu erfahren, das einen Hinweis liefern konnte. Etwas, das vielleicht darauf hindeuten könnte, ob Karo beobachtet wurde. Etwas, von dem man Rückschlüsse ziehen könnte auf jemanden, der … NEIN. Lena hatte es schon der Polizei gesagt. Ihr ist eben nichts Ungewöhnliches aufgefallen. Das war ja das Schlimme. Der Ausdruck, den Meiberger auf Lenas Gesicht sah, als sie ihm durch den dampfenden russischen Tee direkt in die Augen blickte, war neu. Lena war immer stark gewesen, hatte vor ihm nie Schwäche gezeigt. Besonders nicht vor ihm. Aber jetzt war da eine Mischung aus Besorgnis und Verzweiflung in ihren Augen, die ihm für eine Sekunde Angst machte. Angst, dass die Lage diesmal wirklich unausweichlich war. Dass Karo und dem kleinen Alexander etwas zustoßen würde, dass … Meiberger unterdrückte seine Gedanken. Er musste cool bleiben, musste –

»Der Nepo ist übrigens genauso ein nutzloser Koffer wie du«, schoss es aus Lena heraus.

Das überraschte Meiberger dann doch. Dass Lena ihn beschimpfte, war Standard, er hätte sich Sorgen gemacht, wenn es nicht so wäre. Über Nepo hatte er sie aber noch nie ein böses Wort sagen hören, auch nach der Trennung nicht. Jetzt polterte alles aus ihr heraus wie aus einem Dampfkessel, sie machte sich Luft, fand in Nepo ein Ventil. Dass sie nicht verstehen könne, warum er sich so verändert hatte, dass es seine Schuld war, dass die Ehe mit Karo in die Brüche ging, obwohl er doch immer so ein Guter war. Aber er hatte Karo im Stich gelassen, gerade als sie ihn nach der Sache mit Patrik gebraucht hätte. Er hatte sich einfach aus dem Staub gemacht, war immer öfter in der Hütte oben am Berg gewesen, ein verwahrlostes Überbleibsel von seinem Vater, dem alten Wallner, die eigentlich zu nichts mehr zu gebrauchen war.

Meiberger hörte zum ersten Mal die Details von Karos und Nepos Trennung, und das machte ihm einmal mehr klar, dass er und der alternde Kripochef vielleicht nie wirkliche Freunde gewesen waren, so wenig, wie sie übereinander wussten. Der Gedanke war deprimierend, und auf dem Rückweg von Lenas Haus konnte Meiberger spüren, wie die Kälte von außen sich zum Dunkel in seinem Inneren gesellte. Er irrte durch die Lichter der Altstadt, Wirtshausfassaden auf der einen, Beleuchtung auf der anderen Seite, und suchte verzweifelt eine Ecke, an der er sich an die Wand lehnen und einen Moment nachdenken konnte. Nur ein paar Sekunden in Ruhe denken, ohne dass seine Stadt ihn mit Vorwürfen wahnsinnig machte.

Zu spät. Das Mozarthaus blickte tadelnd auf ihn herab. Er hatte alle enttäuscht und verschwendete mit jeder Sekunde kostbare Zeit, die vielleicht überlebenswichtig war. Karo war irgendwo da draußen, sein Patenkind, der kleine Alexander, war irgendwo da draußen, und er, der große Magister Meiberger, stand hilflos in einer Salzburger Quergasse und musste dazu auch noch pinkeln. Die Dominanz der Maslow'schen Bedürfnispyramide akzeptierend, zog Meiberger sich an die Häuserwand zurück. Wie er so seine Hose aufzippte, schoss ein Gedanke durch seinen Kopf, der ihn fast umwarf: Er war in diesem Moment am absoluten Tiefpunkt angekommen. Dem beruflichen und dem privaten. Sein letztes bisschen Würde festhaltend, hoffte er, dass niemand einen Blick in die Seitengasse werfen und ihn dabei beobachten würde, wie er auf den Boden pinkelte. Es war entwürdigend, das bei dieser Kälte und quasi in der Öffentlichkeit tun zu müssen, gleichwie der gesamte Prozess des menschlichen Stoffwechsels aus seiner Sicht nichts anderes als eine immerwährende Entwürdigung war. Aber wie gesagt: Der liebe Gott hatte einen schrägen Sinn für Humor.

Wie zur Bestätigung hörte Meiberger einen Schrei unter sich. Er schaute zu Boden und musste feststellen, dass er offenbar aus Versehen auf einen Besucher der in Sichtweite befindlichen Bar urinierte. Irgendein armer Teufel, der wie viele deprimierte Singles sich am Vorweihnachtsabend besoffen hatte und auf dem Heimweg ein spontanes Schläfchen machte. Der Name des sich schwankend und mit nassen Haaren aufrichtenden Mannes war Franz Xaver, und er war buchstäblich angepisst.

Dass der weit vom Vertrauensgrundsatz entfernt agierende Franz Xaver da draußen hätte erfrieren können und Meiberger ihm durch den Weckruf womöglich das Leben gerettet hatte, löste offenbar keinerlei Dankbarkeit bei dem verwirrten jungen Mann aus.

Wie ein Berserker schlug er in Meibergers Richtung aus und hätte ihn sogar getroffen, wenn der Alkoholpegel ihn nicht ständig in alle Richtungen torkeln lassen würde. In einem Anfall von Notwehr packte Meiberger Franz Xaver am Fuß, woraufhin dieser auf dem eisglatten Boden ausrutschte und eine Pirouette drehte wie eine Eiskunstläuferin auf LSD. Meiberger bot an, ihm aufzuhelfen, aber Franz Xaver versuchte selbst vom Boden aus noch, den Kampf fortzusetzen, und trat wie eine wild gewordene Schildkröte nach allen Seiten aus. Meiberger beschloss, das Weite zu suchen. Es war nicht wirklich ehrenvoll, so vor dem Kampf davonzulaufen, aber erstens lief Meiberger ja nicht, er ging, und zweitens … Meiberger rutschte aus, als ob das Karma ihm den Finger zeigen wollte, er knallte mit voller Wucht auf die Schulter und lag nun genauso am Boden wie hinter ihm die fluchende Schildkröte. Die Engel der strahlenden Weihnachtsbeleuchtung, die zuvor noch von oben aus dem Himmel kamen, lachten höhnisch, machten sich über ihn lustig, sie kamen jetzt direkt aus der Hölle. Und wie er so da lag und über die geifernden Engel nachdachte, erinnerte Meiberger sich an einen Satz. Einen, den sein Vater oft gesagt hatte, wenn sie über Houdini gesprochen hatten: »Die Wahrheit ist immer eine Frage des Blickwinkels.«

Konnte es sein, dass Meibergers Blickwinkel der falsche war? Er ging davon aus, dass alles gerade war, dass die Fakten stimmten, die in den Kripoberichten standen, die er gewälzt und abgeglichen hatte. Dass die Grundlage, auf die er sich bezog und auf der alles aufbaute, ein unumstößliches Fundament war. Aber was, wenn dem nicht so war? Was, wenn die Berichte selbst auf dem Kopf standen? Wenn die Bezüge und Schlussfolgerungen schon von Anfang an nicht stimmten?

Wie er darauf kam? Intuition, frei nach C. G. Jung.

Was also, wenn die Berichte, die Meiberger bekommen hatte, bevor man ihn geschasst hatte, wirklich nicht gestimmt hatten? Sie waren korrekt, aber auf eine Art zu korrekt, zu perfekt, enthielten nicht die Flüchtigkeitsfehler, die Nepos Berichte sonst hatten. Aber warum hätte Meiberger hinterfragen sollen, ob es Nepos Berichte waren? Hatte er sie ihm nicht selbst gegeben? Wie konnten sie dann gefälscht worden sein? Oder waren sie das gar nicht? Die Erkenntnis, die sich in Meibergers Gehirn zusammenbrodelte, ließ ihn schwanken. Das war nicht möglich, er machte sich etwas vor. Oder doch nicht?

6

Eva saß neben ihrem Vater in seinem Haus und beobachtete die Regentropfen, die sich wie Wasserschlangen über die Scheibe des Küchenfensters schlängelten. Es war trotz der knisternden Holzscheite im Kamin kalt, kein Feuer der Welt hätte Eva in Gegenwart ihres Vaters wärmen können. Sie spürte mit jeder Pore, dass sie überall anders lieber gewesen wäre als hier und wollte nur weg. Aber um diese Zeit fuhren keine Busse mehr zurück nach St. Leonhard, und sie wusste nicht, wen sie hätte anrufen sollen, um sie abzuholen. Es war das sicherste Versteck der Welt, aber es kostete sie einen hohen Preis. Sie war freiwillig in das Gefängnis ihrer Kindheit zurückgekehrt, obwohl sie sich geschworen hatte, dieses Haus nie wieder zu betreten. Und jetzt musste sie auch noch mit den Fragen eines Vaters umgehen, der keinerlei Verständnis dafür zu haben schien, dass seine Tochter gerade den wichtigsten Menschen in ihrem Leben verloren hatte.

»Von wegen, weil du an Weihnachten net allein sein willst. Wenn du schon net sagst, warum du wirklich wieder hier auftauchst, dann sag mir wenigstens, was du überhaupt in Salzburg gemacht hast, um die Zeit.«

»Weihnachtseinkäufe«, schoss Eva zurück, ohne dass ihr Vater den Zynismus in dem Satz erkannte. Er nickte nur. Übers Einkaufen zu sprechen, war das

Beste, was man tun konnte, um Ludwig zum Schweigen zu bringen. Dass man Freude daran haben konnte, Geld auszugeben, das wollte sich ihm noch nie erschließen. In dem Bauernhaus, in dem er aufgewachsen war, war Geld das allgegenwärtige Thema. Wie man dazu kam und wie man es behielt, so lange man konnte, weil es knapp war. Ludwig war bei seinem Großvater aufgewachsen. Das vertrauteste Gefühl aus seiner Kindheit war Hunger, aber das bedeutete nicht, dass er in dieser Zeit nur Schlimmes erlebt hatte. Er kannte auch das Gefühl von echter, ehrlicher Freude, ein kostbares, wenn auch seltenes Gut. So wie an Weihnachten. Wenn der Großvater und er in den Wald gingen, um eine Fichte abzusägen, wenn sie sie festlich ins Zimmer stellten und der Großvater Brotstückchen an den Baum hängte.

Das war wahre Freude. Zu wissen, dass man sich Essen nehmen konnte, wann immer man wollte, dass so viel Brot da war wie sonst nie, auf den ganzen Baum verteilt.

Die Kinder von heute würden das nie verstehen können. Die würden an Süßigkeiten nie die Freude empfinden, die er an seinem Brot hatte. Ludwig liebte seinen Großvater dafür, aber er hasste ihn auch, weil er Ludwig schlug, wenn er zu viel Suppe aß. Mit dem harten Stock, ungebremst.

Ludwig erinnerte sich, wie er einmal aus Hunger fast die ganze Suppe aufgegessen hatte, während der Großvater auf dem Feld war. So große Angst hatte er sonst noch nie in seinem Leben gespürt. Er wusste genau, dass der Großvater ihn dafür hart bestrafen würde, also sah er nur einen Ausweg – er pinkelte in die restliche Suppe, um sein Verbrechen zu vertuschen. Ludwig musste bei dem Gedanken daran immer noch lachen, denn der Großvater hatte es nie gemerkt, und das geschah ihm recht. Der Großvater war kein böser Mensch, er konnte auch nett sein. Besonders nach der Arbeit, wenn er sich manchmal zu Ludwig ins Bett legte, sich zu ihm kuschelte, wenn er schlief.

So wie Ludwig es nach seiner Nachtschicht oft getan hatte, wenn er vom Wirtshaus kam und Eva noch schlief. Ein Gedanke keimte in Ludwig hoch, ein Gedanke, der ihm nicht gefiel, also verdrängte er ihn wieder. Eva blickte starr aus dem Fenster, sie sagte immer noch nichts, und das war problematisch, denn Ludwig wusste nicht, wie er ein Gespräch mit ihr anfangen sollte. Früher war sie es immer gewesen, die zu sprechen begonnen hatte. Die auf ihn achtete, und nicht andersherum – aber damit war es vorbei. Aus dem Radio ertönten die Klänge einer Mozart-Arie. Es war mit ziemlicher Sicherheit eine Arie aus der Zauberflöte, der Oper, die Eva am besten kannte, seit Ludwig ihr ein Papageno-Faschingskostüm aus einer Strumpfhose und dazu einen Blätterhut aus Krepppapier gebastelt hatte. Ludwig mochte es, wenn Mozart im Radio lief. Weil es ihn an diese Zeiten erinnerte. Die Zeiten, die nie wiederkommen würden, so viel stand fest.

Die Verbitterung in Evas Gesicht schien permanent zu sein, und Ludwig wusste, dass das mit Karl zu tun haben musste. Aber darüber konnte er nicht sprechen. Weil man da, wo er herkam, nicht über solche Dinge sprach. In der Sekunde, in der Ludwig diesen Gedanken fasste, begriff er noch nicht, dass es sein letzter sein würde.

Der Donner einer Schusswaffe drang durch das Haus, und das Mündungsfeuer erhellte die Fenster in einem kurzen grellen Schein. Eva fuhr herum und sah, wie Ludwig wie ein Kartoffelsack zu Boden fiel, dahinter ein Mann mit erhobener Schusswaffe, auf ihn gerichtet.

Der Teufel war gekommen, um sie zu holen.

Eva sprang auf und lief los. So schnell sie konnte, stürmte sie zur Hintertür, die zu dem kleinen See führte, sie lief in die Dunkelheit und immer weiter, sie hörte die Schritte des Teufels in der Ferne. Sie folgten ihr, und Eva erstarrte bei dem Donner des nächsten Schusses, der sein tödliches Projektil nur knapp an ihrem Gesicht vorbeiziehen ließ. Eva schlug reflexartig einen Haken nach links – ohne zu realisieren, dass sie bereits über das gefrorene Eis des Sees lief. Sie rannte weiter, hielt direkt auf die verschneite Allee zu, die wie die Postkarte aus einem Weihnachtsdorf vor ihr sichtbar wurde, dahinter die wohligen Lichter der Stadt. Wenn sie es nur schaffen würde, die Allee zu erreichen, dann … Evas Gedanken wurden durch ein Knacken unterbrochen.

Ein Knacken, das unter ihren Füßen ertönte und ihr mit plötzlicher Deutlichkeit klarmachte, dass sie mitten auf dem See war. Auf einer gefrorenen Platte – die jetzt brach. Evas Miene erstarrte, sie blickte nach unten und sah, wie das Eis unter ihr Risse bekam. Ein unsägliches Knacken, das in Sekundenbruchteilen ihre Ohren füllte. In Panik gefangen drehte sie sich um, und dort am Ufer stand der Teufel, der sich jetzt in Bewegung setzte. Unbeeindruckt, wie ein auf Wasser gehender Messias kam er auf sie zu, mit der in der Kälte dampfenden Glock in der Hand.

Eva hatte keine Chance. Wenn sie stehen blieb oder weiter nach vorne lief, würde das Eis unter ihrem Gewicht einbrechen. Wenn sie umkehrte, würde sie dem Teufel in die Arme laufen.

Die Eisplatte nahm ihr die Entscheidung ab. Evas Körper wurde mit einer Geschwindigkeit in die Tiefe gerissen, die ihr den Atem raubte. Das eiskalte Wasser lähmte sie in einem stechenden Schmerz, und die Strömung des Sees zog sie mit einer Gnadenlosigkeit in die Tiefe, der sie nichts entgegensetzen konnte. Der Teufel genoss das Schauspiel. Er war ein Naturfreund, immer gewesen, und er liebte es, wenn die Natur ihre Macht über den Menschen walten ließ. Evas Sinne waren längst betäubt, das Wasser umfasste ihren Körper, hielt sie in seiner Umarmung fest. Die Strömung zog sie unter die Platte, sie war in einem eisigen Grab gefangen, aus dem es kein Entkommen gab.

Eva spürte noch, wie die Nadelstiche der Kälte ihr Bewusstsein lahmlegten, und für einen Moment wollte sie nur noch, dass es aufhörte. Dass dieser unglaubliche Schmerz ein Ende nahm.

Auch wenn das bedeutete, dass sie jetzt sterben würde.

7

Es war der Morgen des 24. Dezember, und genau wie jeden anderen Morgen auch freute sich Columbo auf seinen Kaffee und seine Wurstsemmel. Der einzige Unterschied zu sonst war, dass außer ihm heute kaum jemand hier in der Landespolizeidirektion war. Also konnte er sich in Ruhe seinem Frühstück widmen. Die Serie, der er seinen Spitznamen verdankte, konnte Columbo gar nicht leiden. Aber alle nannten ihn so, nur weil er als Portier immer in seinem schlaksigen grauen Mantel herumlief. Wer wollte schon mit einem zerknautschten TV-Ermittler mit Glasauge gleichgesetzt werden. Eigentlich hieß er Heinz Leder, und er mochte seinen Posten. Was er neben seinem Spitznamen jedoch gar nicht mochte, war, schon angequatscht zu werden, bevor er die Chance hatte, sich seinen Kaffee und seine Wurstsemmel zu genehmigen. Beides war ein österreichisches Grundrecht. Ohne das eine oder das andere zu funktionieren, war Columbo schon seit zwanzig Jahren unmöglich, aber diese gottverdammte neue hektische Zeit, die verlangte das von ihm. Alles musste immer früher, immer schneller, immer sofort sein.

Meiberger konnte den Ärger auf Columbos Gesicht ablesen, also nickte er nur, als er an dessen Portiersloge vorbeiging, und hielt direkt auf die Treppe zum Archiv zu. Columbo wunderte sich nicht, dass

Meiberger vorbeikam, weil er das immer mal wieder tat, wenn man ihn als Gutachter hinzuzog und er schnell Akteneinsicht in einen Fall nehmen musste. Er war einer der wenigen, die ihn nicht mit Belanglosigkeiten vollquatschten, und das rechnete er ihm hoch an. Heinz Leder nickte zurück und biss dann genüsslich in seine Wurstsemmel.

Meiberger war wie immer allein im Archiv, als er den Aktenschrank aufzog, und er fragte sich, ob es am Restalkohol in seinem Blut oder an dem vergilbten Lampenschirm in diesem schummrigen Archiv lag, dass er die Akten jetzt doppelt sah. Nachdem er gestern Nacht vergeblich versucht hatte, Nepo zu erreichen, um ihn direkt zur Rede zu stellen, hatte er bis zum Morgen warten müssen, um ins Archiv zu gelangen. Die Zeit – und den Schmerz in seiner Schulter – hatte er in ein paar Whiskeys ertränkt. Nicht gerade förderlich, aber notwendig.

Zum Glück war es nicht schwer, den Akt der »Dreikönigsmorde« zu finden, denn wie alle Aktenmappen von Fällen, an denen Ganslinger beteiligt war, hatte auch dieser Fettflecken von Krapfen oder Schaumrollen an sich. So war das bei Ganslinger, das war gewissermaßen sein Markenzeichen.

Dass die Flecken in dem Fall außen, aber nicht innen waren, zeigte Meiberger, dass der gute Gansi zu faul gewesen war, den Akt noch einmal zu kontrollieren, und ihn einfach in blindem Vertrauen auf Nepo abgelegt hatte. Dass er damit die größte Enttäuschung seines Lebens und einen potenziellen Herzinfarkt verpasst hatte, würde er bald erfahren. Denn jetzt öffnete Meiberger die Mappe. Und was er sah, gefiel ihm nicht. Der erste Satz war ein üblicher Polizeibericht-Einstieg, beginnend mit Rang und Zeitpunkt. »OBERSTLEUTNANT NEPOMUK WALLNER, am …« etc. Das Problem war die zweite Zeile. Hier standen nur noch Buchstabenfolgen. »ASDFJKLÖ«. Die ganze Seite lang. Meiberger blätterte um. Dasselbe.

ASDFJKLÖASDFJKLÖASDFJKLÖ. Nichts als wirre Buchstabenfolgen, überall, Seite für Seite. Meiberger spürte, wie er die Luft anhielt. Es gab in diesem Moment nur noch zwei Erklärungsversuche. Erstens: Jemand hatte den Bericht durch eine Fälschung ersetzt. Leider sehr unwahrscheinlich, denn da war sie: die verschmierte Tinte beim Buchstaben S. Ein Makel, der in allen von Nepos Berichten der letzten Monate zu finden war und auf dessen Faulheit beruhte, die Kopfdüsen seines Druckers reinigen zu lassen. Das Ding war unbestreitbar aus Nepos PC. Und das führte zu Option zwei. Nepo hatte den Bericht selbst gegen einen unnützen Fake eingetauscht. Aber warum hätte er so etwas tun sollen?

8

Es war ein strahlend schöner Wintertag, der Weihnachtsabend stand bevor, und auf der Fahrt in die Berge glich Nepos Zustand dem eines Weihnachtskekses, das zu lange im Ofen gewesen war. Nicht nur fertig, mehr als fertig. Aber immer noch der Oberstleutnant. Und er hatte verdammt noch mal Heimvorteil, war zu Hause in seinem Revier. Nepo musste rechts ranfahren, der Schweiß lief ihm so massiv in die Augen, dass er sich das Gesicht abtupfen musste. Es war Winter, und es war kalt, aber er war in den Bergen daheim. Wenn man sich so hoch bewegte, wurde nicht nur die Luft dünner, die Sonne konnte auch mit einer Kraft hinter den Wolken hervorstechen, die Autos binnen Sekunden in Kochtöpfe und Mascara in Schwarzwasser verwandelte. Aber schön war's, und das war alles, was zählte. Nepo beruhigte seine Atmung.

Er musste an seine Mutter denken. An die Weihnachtskekse, die sie gebacken hatten, als der Mann ins Haus kam. Der Mann, vor dem Nepo sie nicht retten konnte. Nepo versuchte, einen festen Punkt zu finden, der ihn wieder in die Gegenwart zurückführte. Und er fand ihn. Zwischen den Bergspitzen hoben die Sonnenstrahlen sich in Lichtkegeln von den Gebirgsformationen ab und brannten durch die Windschutzscheibe direkt auf seine beginnende Glatze. Und dann ließ Nepo es geschehen, er gab sich dem Moment hin, schloss die Augen und streckte die Hand aus dem Seitenfenster. Der Winterwind strich angenehm kühl durch seine Finger.

Jetzt konnte er sie spüren. Die kühlen, mikroskopisch kleinen Wasserpartikel, die gegen seine Handfläche rieselten. Nepo öffnete die Augen – gerade noch rechtzeitig, um zu sehen, wie er von einem kühlen Weiß verschluckt wurde. Die brennend heiße Fahrbahn, die aufgeheizten Baumreihen, alles wurde im Bruchteil einer Sekunde in einen kalten, sanften Nebel getaucht. Eine Wolke, die vom Wind in seine Richtung gedrängt wurde. Ja, hier bei ihnen war man dem Himmel tatsächlich nah. Nepo spürte, wie ihm warm wurde.

Er spürte die Vorfreude. Er war jetzt nicht mehr Nepo Wallner, Oberstleutnant. Er war jemand anderer.

Nepo spürte, wie er näher kam. Der Teufel. Wie er sich aus seinem Inneren den Weg nach oben bahnte. Aus den Tiefen, in die Nepo seine Gedanken gesperrt hatte. Er versuchte, die Bestie im Zaum zu halten, aber sie übernahm. Meistens war es für Nepo unmöglich, sich zu entsinnen, was das Monster wieder getan hatte, während er »ausgeschaltet« war. Aber diesmal begriff er es. Und da kam er, der Moment. Der Moment, in dem ihm selber bewusst wurde, was auch Ihnen beim Lesen gerade bewusst wird. Dass unser Oberstleutnant Nepo Wallner der Teufel ist.

Auf dem Beifahrersitz lag die Glock, und unten im Tal war Eva längst zu Eis erstarrt und somit das ideale

Kunstwerk für das Krippenspiel geworden, das nun beginnen musste. Denn nun war er ganz nah. Der Weihnachtsabend.

Kapitel VI

WEIHNACHT

1

Meiberger trat das Pedal des Mietwagens durch. Schnee spritzte auf beiden Seiten des SUV in Fontänen nach oben, die dem Auto bizarre Engelsflügel zu verleihen schienen. Der »Spurhalteassistent« heulte wie ein kleines Mädchen, aber Meiberger hatte dafür keine Zeit, es galt, den Wagen mit Vollgas um die Kurve zu lenken, während er auf den Signalton von Evas Mailbox wartete. Er war auf dem Weg zu ihr, hatte mehrfach versucht, sie ans Telefon zu bekommen, aber Fehlanzeige. Den Gedanken, dass es vielleicht schon zu spät war, sperrte er so konsequent aus, dass er gar nicht erst an die Oberfläche seines Bewusstseins gelangte. Mit einer Stimme, die im Takt eines Maschinengewehrs feuerte, hinterließ Meiberger ihr jetzt eine Nachricht: Wo auch immer sie war, sie solle sich sofort auf den Weg ins Tal machen. Meiberger hätte dem leitenden Ermittler, Nepo, ihren Standort übermittelt, in dem falschen Glauben, er würde sie schützen können, aber in der jetzigen Situation sei Meiberger nicht mehr sicher. Er zögerte, überlegte für einen Moment, ob er ihr die Wahrheit auf die Box sprechen sollte: dass die Hypothese, sein Freund könnte den Verstand verloren und bewusst die Ermittlungen sabotiert haben, längst eine Gewissheit in seinem Kopf war.

Zu begreifen, dass Nepo selbst der Täter war, dazu reichte in dieser Sekunde nicht einmal Meibergers

Fantasie, denn das hätte einen Umkehrschluss bedeutet, dem selbst das Gehirn des abgebrühten Psychologen sich nicht stellen wollte. Es hätte nämlich bedeutet, dass er diesen Umstand erstens übersehen und zweitens dem Täter die Adresse des untergetauchten Opfers verraten hatte. Unmöglich. Undenkbar. Und so sprach Meiberger nur das auf die Mailbox, dessen er sich in dieser verrückten Situation noch sicher war: »Halten Sie sich an Inspektor Ganslinger. Ihm können Sie vertrauen, aber nur ihm. Er wohnt in St. Gilgen, gleich neben der Konditorei am Hauptplatz, im Eckhaus. Fahren Sie zu ihm und bleiben Sie dort, bis ich mich wieder melde!« Meiberger beschleunigte, es konnte jetzt nicht mehr weit sein, ein paar Kilometer noch bis zum Haus von Evas Vater. Aber er spürte bereits, dass ihm nicht gefallen würde, was dort auf ihn wartete.

2

Eva wusste nicht, ob es wirklich Karls Stimme war, die sie unter der Eisplatte gehört hatte. Aber die Stimme hatte ihr den Weg zur offenen Stelle gewiesen, die sie sonst nie vor dem Erfrieren gefunden hätte.

Eva wusste auch nicht, woher sie die Kraft genommen hatte, ihren erstarrten Körper wieder in Bewegung zu setzen, aber auch das hatte sie geschafft. Sie hatte sich zurück zum Haus geschleppt und sich zitternd und nass vor den Kamin gesetzt. Es gab nur den einen einzigen Gedanken, dass sie ihren Körper trocknen musste, bevor ihr Herz stehen blieb. Sie hatte sich zusammengerollt und völlig betäubt die ganze Nacht hier gelegen, Holz nachgelegt und darauf gewartet, dass das schrille Gehämmer ihrer aufeinanderschlagenden Zähne aufhören würde.

Sie war noch immer schwer unterkühlt, ihre Kleidung noch immer nass und eiskalt. Daneben ihr toter Vater, der noch immer da am Boden lag, wo er aufgeschlagen war. Getötet mit der Dienstwaffe eines Polizisten. Und das bedeutete – dass sie die Polizei nicht rufen konnte, ohne zu riskieren, dass der Teufel von ihrem Überleben wusste. Im Moment wusste nur sie selbst, dass sie noch lebte, und das war ein entscheidender Trumpf.

Evas zitternde Hand fuhr zu ihrem Handy, sie hatte hier nur sporadisch Empfang, doch gerade war eine Nachricht eingegangen. Von Meiberger. Wie eine Maschine tat sie, was er sagte, noch bevor die Nachricht zu Ende war. Sie schlüpfte zitternd in ihre Jacke und lief zum Auto ihres Vaters, das vor dem Haus parkte und durch die sinkenden Temperaturen erst beim zweiten Versuch ansprang. Mit immer noch zitternden Fingern setzte Eva das alte Schlachtschiff ihres Vaters mit dem klaren Ziel »St. Gilgen« in Bewegung. Sobald sie wieder Empfang hatte, versuchte sie, Meiberger zurückzurufen. Aber die Leitung war besetzt.

Meiberger befand sich gerade im Gespräch mit Karos Mutter Lena, der er jetzt eine ehrliche Frage stellen musste. Und so schmerzhaft es auch war, sie musste ihm ehrlich antworten. Hatte Nepo vor der Trennung von Karo noch andere Verhaltensauffälligkeiten gezeigt?

Lena wollte wissen, was er mit »auffällig« meinte, als ob nicht alles auffällig gewesen wäre. Er hatte eben eine typische Midlife-Crisis. Aber ja, abgesehen davon, dass er besessen war von dieser Hütte, in die er nach der Trennung gewissermaßen dauerhaft eingezogen war, hatte er sich zu ihrer aller Überraschung zwei Rottweilerhunde zugelegt, die er dort oben hielt. Und das war schon komisch, weil er ja nie der besondere Hundefreund gewesen war. Meiberger fühlte, wie sich alles in seinem Brustkorb zusammenzog. Meiberger erahnte jetzt die Spitze des Eisbergs, mit dem er sich auf direktem Kollisionskurs befand.

Als er jetzt bei Ludwigs Haus ankam, bat er Lena, kurz zu warten, und blickte dann auf das Grundstück.

Er sah die gebrochene Eisdecke des Sees hinter dem Haus ebenso wenig wie den toten Ludwig im Inneren. Alles, was er sah, war ein Haus, von dem deutliche, frische Reifenspuren wegführten. Ein Anflug von Erleichterung stabilisierte Meibergers Herzschlag. Eva musste seine Nachricht gehört haben, sie war weggefahren. Er spürte das Pochen seines Blutdrucks in seinen Ohren, als er das Smartphone wieder aufnahm und Lena die entscheidende Frage stellte:

»Diese Hütte, Nepos Zufluchtsort. Wo genau liegt die?«

3

Der 24. Dezember war der wichtigste Geschäftstag für die Konditorei Ganslinger in St. Gilgen. Der Großteil der Einwohner bekam über die Feiertage Familienbesuch aus dem Rest des Landes, und da galt es, mit den selbst gebackenen Weihnachtskeksen der altehrwürdigen k.-u.-k. Konditorei am Ort anzugeben. Ganslinger, der an diesem Vormittag im Familienbetrieb ausgeholfen hatte und jetzt die mit Zucker und Mehl bekleckerte Schürze auf dem Haken platzierte, war ein Verfechter der Unehrlichkeit im Sinne der Weltverbesserung. Dass die Creme in einem Vanillekrapfen noch nie Bekanntschaft mit einer tatsächlichen Vanilleschote gemacht hatte, war sekundär, und diesen Umstand breitzutreten und damit das Geschmackserlebnis der Krapfenrezipienten zu schmälern, war etwas für Spielverderber. So einer war Ganslinger nie gewesen. In seinen Augen war das Leben bunt wie ein Zuckerl und saftig wie eine Cremeschnitte, und jeder, der etwas anderes behauptete, war ein Arschloch. Unwiderruflich. Das hatte Ganslinger schon in Kindheitstagen erkannt.

Eine der klarsten Erinnerungen daran, wie wichtig eine flexible Wahrnehmung im Alltag war, hatte Ganslinger durch die Gespräche seiner Mutter mit ihren Freundinnen bekommen. Die Damen waren allesamt keine Kostverächter, Schokospitz und Sachertorte waren ebenso gern gesehen wie Kardinalschnitte und Apfelstrudel. Letzteren natürlich mit Schlag und im Sommer mit Vanilleeis. Vanilleeis, das ebenso viel echte Vanille gesehen hatte wie die Cremefüllung der Krapfen, aber das war eben nicht der Punkt, der Punkt war der Genuss, und der machte das Leben lebenswert. Ganslinger, der seit seinem siebten Lebensjahr an den Wochenenden in der Konditorei aushalf, hatte das begriffen. »Der Bua hat's kapiert«, hatte einer der pensionierten Stammkunden gesagt, als der kleine Hilfskellner Gansi ihm ungefragt neues Schlagobers zum Topfenstrudel brachte. Er wusste eben, wie die Schaumrolle rollt, das Punschkrapferl punscht und der Vanillekrapfen krapft.

Ganslingers Gedankengang wurde jäh unterbrochen, als er sah, dass fünf Anrufe von Meiberger eingegangen waren. Er betätigte sofort die Rückruftaste, aber Meibergers Handy hatte bereits keinen Empfang mehr.

Meiberger war inzwischen auf der Anhöhe des Untersbergs angekommen, die Lena ihm beschrieben hatte, und parkte den Mietgeländewagen mit etwas Abstand von der Hütte. Er zog den Schlüssel ab, ließ damit das Auto verstummen und spürte, wie das ungute Gefühl im Bauch anwuchs. Die Hütte war größer, als er gedacht hatte, dahinter lag eine Art Scheune oder Lager, vor der er kleine Baucontainer sehen konnte. Wie zum Teufel hatte Nepo Baucontainer hier raufschaffen können?

Teufel war das richtige Stichwort. Als Meiberger auf die Hütte zustapfte, jeder Schritt ein kaltes Knirschen, brannte eine Frage in seinem Kopf. Wie hatte er Nepos geistige Angeschlagenheit übersehen können? Diese Frage schien stellvertretend für Meibergers Lebensdilemma zu sein. Emotionen waren sein ganz persönliches Kryptonit, und sobald er sich emotional zu sehr einbrachte, waren seine Kombinationsgaben dahin. Er hatte als Letzter die Beziehung zwischen Karo und Nepo mitbekommen, und auch bei Patriks ersten Ausflügen in die Welt der Kleinkriminalität erst gemerkt, was eigentlich los war, als es bereits zu spät war.

Meibergers Gedanken wurden unterbrochen, als er lautes Hundegebell hinter sich hörte. Ein Rottweiler schoss aus dem Schnee auf ihn zu, mit der Intuition eines Raubtiers, ein Bewacher der Hütte, der den Eindringling gewittert hatte und jetzt mit der Geschwindigkeit eines Gepards auf ihn zuraste.

Meiberger lief. So schnell er konnte. Doch das Raubtier holte auf, kam mit jedem Atemzug, der vor ihm zu Rauch erstarrte, näher. Wer ein Monster jagt, sollte darauf vorbereitet sein, es zu finden. Der Rottweiler machte einen Satz, und seine Zähne bohrten sich in Meibergers Nacken wie eine Gabel in weiche Butter. Er hatte sich mit seinem ganzen Gewicht auf Meiberger geworfen und sich in ihm verbissen wie eine wahnsinnig gewordene Killermaschine, zu nichts anderem hatte man den Hund erzogen. Meiberger stürzte, so wie das Raubtier es vorhergesehen hatte, dann ließ es seinen Nacken los, um ein zweites Mal zuzubeißen, diesmal tödlich, in die Halsschlagader.

Eine Millisekunde, bevor der Rottweiler das tun konnte, schlug ihm ein anderes Raubtier gegen den Kopf, das gnadenloser war, als ein Hund es je sein könnte. Ein Raubtier mit einem Knüppel in der Hand und einem Lachen im Gesicht. Ein Raubtier, das einmal Nepo gewesen war, aber nicht mehr in diesem Moment. Meiberger richtete sich auf, während warmes Blut im Takt seines Herzschlags aus seinem Nacken floss.

Der Rottweiler hatte sich in ein winselndes Stofftier verwandelt, das mit buchstäblich eingezogenem Schwanz davontrottete. Meiberger hatte Mitleid mit dem Tier, es hatte nur aus Instinkt gehandelt. Zu der Grausamkeit, aus persönlicher Überzeugung, Rache oder Überlegung heraus zu töten, war nur der Mensch fähig. Das war Meibergers letzter, klarer Gedanke. Dann forderte der Blutverlust des Nackenbisses seinen Tribut. Wie ein blutiger Kartoffelsack fiel Meiberger um und kam in weit entfernter Watte zum Stillstand, die er als hart gefrorenen Boden wahrgenommen hätte, wenn er nicht bereits im Dämmerzustand gewesen wäre.

Aus den Tiefen seines Unterbewusstseins kochten Albträume hoch, die sich seit Karos Verschwinden versteckt hielten und die seine Bewusstlosigkeit jetzt ohne Gnade ausnutzten, um ihn heimzusuchen. Weihnachtlich beleuchtete Dämonen, die sich mit ihren spitzen, kleinen Widerhaken durch die dunklen Neuronentunnel seiner betäubten Großhirnrinde nach oben arbeiteten und seinen Verstand durchbohrten wie Tentakel.

Was folgte, waren die schlimmsten Träume, die Meiberger seit seiner Kindheit gehabt hatte. Aber selbst die waren nichts in Vergleich zu dem, was er erleben würde, sobald er erwachte.

4

Die Hitze, die aus dem Ofen in Ganslingers Gesicht peitschte, hätte etwas Bedrohliches gehabt, wenn sie nicht von diesem festlichen Geruch begleitet worden wäre. Orange und Preiselbeeren, dazu Zimt. Die Marinade war wirklich perfekt gelungen. Ganslinger nahm den dampfenden Truthahn mit der Sorgfalt einer Entenmama aus dem Ofen, die einem Küken aus dem Nest half. Mit behandschuhten Händen sanft zu sein, war nicht leicht, aber Ganslinger war ein alter Profi und schaffte es in einer eleganten Bewegung. Wie der Fred Astaire der Heimköche stellte er den toten, aber eindeutig glücklichen Vogel auf die Herdplatte und wartete ab, bis die knusprige Haut zu zischen anfing. Dann goss er Bratensaft über das Meisterwerk, dessen Marinade daraufhin karamellisierte, genau wie von Ganslinger vorhergesehen. Er stand in der gekachelten Küche seiner Mutter und hatte das Haus für sich allein, und das war gut so. Seine Oma durfte von dem Truthahn nichts wissen, als erzkatholische Schnapsdrossel hätte sie ihm sonst die ganzen Feiertage über Vorwürfe gemacht.

Selbstverständlich gab es heute Abend Karpfen, ganz dem Gusto der Oma entsprechend. Der ebenfalls tote und dem Gesichtsausdruck nach zu schließen nicht ganz so glückliche Fisch lag schon unter Zitronen auf Eis, aber erst für den späteren Abend. Davor hatte Ganslinger seine Schwiegereltern in spe bei sich, und die waren Amerikaner, deren Liebe zu »lovely Austria« allerdings bei der Kulinarik endete. Sie waren von stundenlanger Fliegerei und Jetlag bestimmt geschlaucht, da wollte er sie mit etwas Vertrautem empfangen. Außerdem gab es durchaus Überschneidungen zwischen Ganslingers kulinarischen Vorlieben und denen seines Schwiegervaters in spe. Beide waren große Freunde des Vanillepuddings, doch während Ganslinger in einer Welt lebte, in der besagter Pudding ein Schattendasein hinter der Marillenmarmelade führte, kam der Schwiegervater aus einer texanischen Familie, in der man zu Weihnachten jedes Jahr eine flambierte Version davon verzehrte. Auch den würde es zu Ehren der Schwiegereltern in spe geben, was sich Ganslinger ganz sicher nicht nehmen ließ.

Eigentlich verfolgte Ganslinger mit diesem Festmahl aber ein ganz anderes Ziel. Er wollte seine Freundin beeindrucken. Und das mit dem Beeindrucken war alles andere als einfach bei ihr. Sarah unterrichtete an einer St. Gilgner Privatschule, die sich in kurzer Zeit als elitäres Ausbildungszentrum für reiche Sprösslinge und Stipendiaten aus der ganzen Welt etabliert hatte. Es hatte schon etwas Skurriles, dass die teuerste und womöglich beste Privatschule Europas ausgerechnet im kleinen St. Gilgen am Wolfgangsee stand, aber so war das Leben eben. Für Ganslinger bedeutete das, dass er eine Freundin an seiner Seite hatte, die ihm das internationale Flair seiner Filmsammlung ins tägliche Leben brachte. Generell fragte Ganslinger sich oft, wie er es geschafft hatte, eine Frau wie Sarah für sich zu interessieren, die optisch selbst vom kritischen US-Präsidenten und Heidi-Klum-Verschmäher noch als eine glatte 10 bezeichnet werden würde. Tatsächlich wäre Ganslinger aber auch mit Sarah zusammen, wenn sie aussehen würde wie ein weiblicher Trump, so sehr liebte er sie. Das lag an einer ganz simplen Tatsache: Sarah hatte ihn von Anfang an so gesehen, wie er war, und was noch schwerer wog: ihn so akzeptiert, wie er war. Dass ausgerechnet eine Texanerin sich in Ganslingers oft patscherte Art und liebevolle Einfältigkeit verlieben konnte, war wie immer der guten alten Kindheitsnostalgie geschuldet. Während Ganslinger im kleinen St. Gilgen von der Welt seiner Lieblingsfilme, den gewaltigen Häuserschluchten amerikanischer Großstädte, träumte, träumte Sarah im heißen Texas von den verschneiten Hügeln der Alpen. Jenem fernen »Wunderland«, das die Kulisse ihres Lieblingsfilms darstellte: *Sound of Music*. Ihr Traum war es immer gewesen, einmal dort zu leben, und das tat sie jetzt, mit Ganslinger, der anders war als jeder Mann, den sie je in Amerika getroffen hatte, und doch sonderbar vertraut. Er erinnerte sie nämlich an einen der Jungen der Trapp-Familie, die den *Sound of Music* zum Klang von »Edelweiß« besungen hatte, bis die alte VHS den Geist aufgegeben hatte – und Sarah beschloss, sich dieses Wunderland kraft der Kreditkarte ihrer Mutter aus der Nähe anzusehen.

Gerade, als Ganslinger über sein großes Glück nachdachte und den Pudding vorbereitete, läutete es an der Tür. Shit. Sie waren zu früh. Ganslinger eilte los, richtete sich die Haare, nahm die Schürze ab, wollte den Knauf greifen, merkte, dass es mit dem Küchenhandschuh nicht ging, nahm ihn ab, öffnete – und erschrak.

Vor ihm standen weder Sarah noch ihre Eltern, sondern eine junge Frau, fahl und bleich, mit blauen Lippen und einem flehenden Blick.

»Der Meiberger sagt, Sie sind der Einzige … der Einzige, zu dem ich gehen kann. Der Einzige, dem man vertrauen kann …«

Obwohl Ganslinger Eva aufs Erste nicht erkannt hatte, nahm er sie reflexartig an der Schulter und führte sie in die Wärme seines Elternhauses, während er die Kälte der Welt da draußen mit dem festen Stoß der Tür aussperrte.

Unter anderen Umständen hätte er ihr einen heißen Kakao gemacht, mit Schlagobers von der Mama und den kleinen Marshmallows von seiner Freundin, aber dazu war keine Zeit. Eva presste alles, was ihre Stimmbänder noch hergaben, in eine nüchterne Beschreibung der Geschehnisse. Was Eva zu sagen hatte, ließ Ganslinger binnen Sekunden in den »Polizeimodus« schalten, denn bereits bevor sie den ersten Satz beendet hatte, wusste er zwei Dinge.

Erstens: Jetzt zählte jede Sekunde, wenn er noch eine Chance haben wollte, Karo und das Kind zu retten.

Zweitens: Er musste Nepo finden.

5

Meiberger stand auf einer Bühne. Hell erleuchtet inmitten eines gewaltigen, stockdunklen Saals. Alles, was er sehen konnte, waren die beiden Scheinwerfer über ihm. Blendende Sonnen aus Elektrolicht, die alles dahinter in Dunkelheit tauchten. Meiberger wusste, dass da wohl Sitzreihen sein mussten, in denen auch Menschen saßen, er konnte ihre Umrisse wie Silhouetten erkennen. Aber keine Gesichter. Das teuflische Spiel des Gegenlichts. Meiberger blickte an sich herab. Er trug einen dunkelblauen Anzug, dazu ein rotes Seidentuch in der linken Brusttasche. In dem Moment war ihm klar, was zu tun war. Da blitzte er auch schon auf, der antike Standspiegel. Schimmernd auf einem Holzschreibtisch, der gemütlich und auf märchenhafte Weise alt wirkte. Daneben blitzten jetzt auch noch andere Dinge auf, und Meiberger trat näher, um sie genauer zu betrachten.

Es waren Gegenstände aus seiner Kindheit. Die Spieluhr, die ihm seine Großmutter geschenkt hatte, an dem Tag, an dem er sie zum letzten Mal gesehen hatte. Der rot glasierte Zuckerapfel, den er zum Trost von seiner Mutter bekommen hatte, am Tag nach der Scheidung. Und die Zeichnung, die er damals von seiner Volksschullehrerin gemacht hatte, mit dem Schweinegesicht. Es war eine verdammt gute Zeichnung, Zwangsbesuch bei der Schulpsychologin hin oder her. Meiberger blickte jetzt in den Spiegel und sah sich selbst darin. Allerdings waren da, wo seine Augen sein sollten, dunkle Flecken, und Meiberger nahm das Tuch aus der Brusttasche, um sie wegzuwischen.

Da geschah etwas Seltsames.

Das Tuch schien in den Spiegel einzudringen, so als ob seine Oberfläche aus Wasser wäre. Ein Raunen ging durch das Publikum, das Meiberger nur hören, aber nicht sehen konnte, und er musste ein Lächeln in seinem Mundwinkel unterdrücken.

Diese Illusion hatte er in seinem Leben schon sehr oft vorgeführt, und sie funktionierte jedes Mal, verfehlte nie ihre Wirkung.

Meiberger trat vom Spiegel weg, er hielt das Tuch nicht mehr, tat augenscheinlich nichts, um den Vorgang zu beeinflussen, und trotzdem – verschlang der Spiegel das Tuch!

Das zweite Raunen im Publikum, ehrliche Begeisterung. Meiberger trat wieder an den Spiegel heran, er drehte ihn in die Richtung seines Publikums, und tatsächlich: Das Tuch war verschwunden. Das Publikum applaudierte, und Meiberger verbeugte sich, wobei er plötzlich das Tuch wieder in der Hand hatte und zurück in die Brusttasche steckte. Abermaliger Applaus, ein voller Erfolg. Das Licht ging an, erhellte die Zuschauerreihen, und Meiberger sah – dass sein Publikum tot war.

Aufgerissene, leblose Augen waren auf ihn gerichtet. In feine Abendkleider und Anzüge gehüllte

Leichen, die ihn starr von allen Seiten aus anblickten. Meibergers Schock war nichts gegen den Schmerz der Erkenntnis, die in dieser Sekunde in seinen Verstand eindrang. Es waren die Opfer seiner eigenen Fälle. 203 Fälle in dreißig Jahren, knapp 300 Opfer, und sie alle blickten ihn vom Auditorium aus an. Er hatte ihren Zorn verdient, denn er war es, der zu spät gekommen war, der es nicht geschafft hatte, ihnen zu helfen und sie zu retten.

Meiberger schrie.

Er schrie so laut er nur konnte, aber es half nichts, denn er war angekettet, spürte die rostigen Ketten um seine Handgelenke, die sich über seinen Kopf streckten.

Meiberger blinzelte, er saß auf einem Stuhl in einer Art Hütte, die nach Feuer und getautem Eis roch und an deren Dunkelheit seine Augen sich erst gewöhnen mussten. Natürlich war es ein Traum gewesen, das hätte er beim Anblick der »Schweine«-Karikatur begreifen müssen. Sie war längst nicht mehr so unversehrt, wie sie auf dem Tisch gelegen hatte. Die Volksschullehrerin hatte sie damals in einem Wutausbruch zerrissen, dann in einem stillen Zugeständnis an die eigene Unbeherrschtheit wieder zusammengeklebt und in Meibergers Mitteilungsheft gelegt. Seine Eltern sollten in dem Heft unterschreiben, der Anfang des Ausflugs zur Psychologin.

Jetzt war er der Psychologe, er war der, der über den Dingen stehen sollte, aber das nützte ihm wenig, denn er war nur die Fliege im Netz der tödlichsten

Spinne, mit der er es je zu tun gehabt hatte. Er versuchte, seine Handgelenke in den rostigen Ketten zu bewegen, aber es hatte keinen Sinn, seine Hände waren längst taub. Dazu dieses dumpfe, störende Geräusch hinter ihm, das er nicht benennen konnte. Als Meibergers Augen sich langsam an die Dunkelheit gewöhnt hatten, konnte er sie tatsächlich vor sich sehen, die Weihnachtshütte des Teufels.

Lachende Engel und Teufelshörner, dazu Schneesterne, grelle, die Augen blendende Weihnachtsbeleuchtung. Meiberger erkannte, dass es die Beleuchtung der Stadtverwaltung war, deren Diebstahl man jugendlichen Randalen zugeschrieben hatte. Der Kamin flackerte einladend, darüber der Adventkranz, mit Weihrauch gesegnet, den Meiberger noch riechen konnte, und dazu der bizarrerweise schönste Brauchtumsschmuck, den er je gesehen hatte. Aus Holz geschnitzte Sterne und Spieluhren, Früchte und Nussknacker, es war Alpenweihnacht pur. Das störende Geräusch hinter Meiberger wurde durch ein sonores Brummen unterstrichen, dem Meibergers Blick jetzt zu einer Reihe von Heizstrahlern folgte. Angeschlossen an eine schmutzige Kabelrolle standen sie in einer Ecke an der Wand und glühten wie die Kohlen der Hölle. Diese Hütte war eine Manifestation von Nepos Störung, sie war der buchstäbliche Ort, an den der Teufel in seinem Inneren ging, um sich seine eigene Welt zu erschaffen.

Jetzt fielen Meiberger die kleinen Metalletiketten auf den Heizstrahlern auf, und obwohl er dem Tod geweiht und an rostige Ketten gefesselt war, glitt ein grimmiges Lächeln über seinen Mund. Es war einfach saukomisch. »Oink, oink«, hörte Meiberger die Stimmen seiner alten Mitschüler am Gang, »Schweini-Tommi, Schweini-Tommi«, der Witz des Tages. Aber so witzig wie diese Metalletiketten war nicht mal »Schweini-Tommi« gewesen, die Pointe des Jahrhunderts. Meiberger hatte diese Etiketten nämlich schon oft gesehen und wusste, dass sie das Eigentum der Landespolizeidirektion auswiesen. Nepo hatte also nicht nur die Weihnachtsbeleuchtung der Stadt, sondern tatsächlich auch Heizstrahler der Polizei geklaut, mit denen er den Ort erwärmte, an dem er seine Opfer festhielt. Wenn das nicht komisch war, dann wusste Meiberger auch nicht.

Selbst die Rottweiler, deren Knurren das eigentlich störende Geräusch war, das Meiberger vernommen hatte, sahen saukomisch aus. Sie trugen lächerliche Rentiergeweihe am Kopf, die Nepo ihnen aufgesetzt hatte, als Kontrast zu ihren messerscharfen Zähnen. Meiberger drehte den Kopf zum Fenster und konnte draußen die Baustellencontainer sehen, auch sie mit Sicherheit gestohlen, wie auch immer er das angestellt haben mochte. Aber er war nicht umsonst der Teufel. Der Teufel, der jetzt hinter ihm stand.

Meiberger hörte ihn nicht, und selbstverständlich sah er ihn auch nicht. Was den Teufel verriet, war der Schatten seiner Perchtenmaske, die er jetzt wie ein zweites Gesicht über dem Kopf trug. Die Transformation war abgeschlossen, innerlich wie äußerlich. In

Nepos Welt gab es keine rationalen Überlegungen mehr, es gab nur noch den Willen des Teufels, der jetzt aus der Dunkelheit auf Meiberger zutrottete.

Meiberger sah in seine Augen und verstand in diesem Moment, dass das vor ihm nicht mehr Nepo war. Nicht so sehr, weil der eine geschnitzte Teufelsfratze trug. Es waren seine Augen, die den Teufel verrieten.

In einer zum Himmel schreienden, buchstäblich teuflischen Ironie des Schicksals war Nepo dem einen Störungsbild zum Opfer gefallen, das Meiberger im ICD-10 Kapitel V seit dem Studium immer umblätterte. Dem Störungsbild, das er am meisten fürchtete: der multiplen Persönlichkeitsstörung.

Der Teufel hatte Nepos Persönlichkeit überschrieben und dessen Verstand dabei gegen ihn eingesetzt. Er war in Nepos Psyche geboren worden, vermutlich in der Nacht, als seine Mutter gestorben war, und hatte gewartet, sich festgesetzt in Nepos neuronaler Rinde, wie ein unentdecktes Krebsgeschwür. Mit Patriks Verschwinden war Nepos Persönlichkeit in die Hilflosigkeit seiner Kindheitstage zurückgefallen, sie hatte das Ruder losgelassen, und die verdrängte Persönlichkeit des Teufels war parat, um zu übernehmen. Er war es, der jetzt vor Meiberger stand, der Körper vor Adrenalin zitternd, das Gesicht eine Maske, der die Nase fehlte, darunter Zähne, schwarz vom Ruß.

Nepo war verschwunden, da war nur noch der Teufel. Er hielt die Faustfeuerwaffe auf ihn gerichtet, und Meiberger war sich völlig bewusst, dass dieses Monster über sämtliche Instinkte und Fähigkeiten eines ausgebildeten Polizeibeamten verfügte. Aber nicht mehr über seine Stimme. Die war zu einem krächzenden Schreien geworden. »Du bist Josef, sie ist Maria, zusammen mit dem heiligen Kind.«

Der Teufel deutete hektisch zu einem der Container, und Meiberger begriff in diesem Moment, dass Karo und der kleine Alex da drin sein mussten. Noch unversehrt, aber dem Tod näher, als sie ahnten. Bevor er den Gedanken zu Ende geführt hatte, wurde Meiberger auf den Boden geworfen und landete auf der bereits angeschlagenen Schulter. Ein scharfer Schmerz durchfuhr ihn, bevor er kapierte, was passiert war.

Er hatte nicht bemerkt, wie Nepo den Stuhl umgekickt und die Kette gelöst hatte, die zwar noch an seinen Händen, nicht mehr aber an der Decke hing, was Nepo jetzt die Chance gab, den gefesselten Meiberger mit sich zu ziehen.

Nepo schleifte ihn über den Boden und aus der Hütte hinaus. Draußen konnte Meiberger in einer Ecke vor der Scheune dunkles Stroh liegen sehen, der Teufel hatte für die Inszenierung seines Krippenspiels bereits alles vorbereitet. Das Stroh war dunkel von Benzin, der Geruch stach Meiberger jetzt in der Nase, der Teufel zog ihn schwer schnaufend hinter sich her und zu dieser Ecke aus Stroh. Und Meiberger sah jetzt klar vor sich, was hier eigentlich passieren würde.

Das Kind würde im Stroh liegen, daneben Karo, unfähig das Kind im teuflischen Inferno zu retten, durch die Ketten, die sie nach unten zogen und an den Boden fesselten, »die Ketten der Schuld«, wie Nepo gesagt hatte. Meiberger hatte es nicht erkannt, weil er nicht der großartige Psychologe war, für den er sich hielt, weil er versagt hatte und weil der kleine Alex, Karos zweites Kind, nun auch wegen ihm sterben würde.

Nein! Meiberger musste seine Gedanken sammeln. Erstens war Patrik nicht gestorben, das war nicht passiert, weil es nicht passiert sein durfte. Und zweitens würde auch der kleine Alex nicht sterben, weil Meiberger einen Weg finden würde. Vor einigen Jahren hatte ihn schon einmal jemand zu fesseln versucht. Eine Psychopathin mit der Stimme eines Engels und den Gedanken eines Dämons, die eine Schwäche für das Flambieren von unliebsamen Mitmenschen hatte.

Ein bisschen so wie das Monster, zu dem Nepo geworden war, und für den Bruchteil einer Sekunde ertappte Meiberger sich bei dem Gedanken, dass der alte Pater Fischer im Religionsunterricht vielleicht recht gehabt hatte. Womöglich wandelte der Teufel tatsächlich als unsichtbare Entität auf Erden, womöglich versuchte er die vom Schicksal schwach Gewordenen zu vergiften. Und womöglich hatte in der Soziopathin derselbe Teufel gewütet, der jetzt auch Nepo verschlungen hatte und in den Jahren davor so viele andere Dämonen, denen Meiberger sich in den Weg gestellt hatte. Da kam Meiberger ein Zitat aus einem seiner Lieblings-B-Movies in den Sinn, das ihm größeren theologischen Rückhalt gegeben hatte als jede Religionsstunde: »Wenn es eine Hölle gibt, aus der diese Teufel kommen, dann muss es auch einen Himmel geben, es muss ihn geben, weil alles andere unlogisch wäre.«

So schien es zu sein. Und selbst wenn das seine letzten Minuten als Lebender waren, und danach sah es mit größter Wahrscheinlichkeit aus, selbst dann war er zumindest ein Sieger nach Punkten. Er hatte das Böse öfter besiegt, als es ihn besiegt hatte.

Natürlich nicht allein. Die Fesseln der Soziopathin konnten ihm damals nur deshalb nichts anhaben, weil Meiberger seinen Vater Lorenzo hatte, in seinem Kopf, in der Erinnerung, wo er immer war, wenn Meiberger ihn brauchte. Damals wie heute sah Meiberger ihn klar vor sich, den Houdini-Trick, den sie geprobt hatten, als Meiberger neun Jahre alt war. »Alles eine Frage des Blickwinkels«, hörte Meiberger nun Alex in seinem Kopf, und er wusste, die Lage war nicht aussichtslos, weil man sie umdrehen konnte, wie alle Situationen, man musste einfach nur den Blickwinkel ändern. Meibergers Schulter war vielleicht ausgerenkt, aber das war gut, nicht schlecht. Denn er konnte sie kaum mehr spüren, der pulsierende Schmerz war zu einer Nebensache geworden, ohnehin war Schmerz nur relativ. Und das befähigte ihn zu etwas, das ihm einen entscheidenden Vorteil verschaffen konnte. Er würde seinen Daumen gegen den Boden schlagen, und wenn es ihm gelänge, ihn auszurenken, dann hatte er vielleicht tatsächlich eine Chance, seine Hand aus der Kette zu ziehen. Das Eis auf dem Boden war allerdings kein geeigneter Untergrund dafür, er brauchte die Härte eines Felsens oder Steins. Meibergers Gedanken stoppten mit der Kälte des Eisbodens, der gegen seine Wange prallte, als Nepo ihn direkt neben dem Stroh fallen ließ.

Auch für ihn hatte der Teufel eine Rolle im Krippenspiel auserkoren. Er war Josef, Marias Mann, der das heiligste Kuckuckskind behüten musste, das je geboren wurde.

Meiberger hob den Kopf vom Eis und sah den Teufel durch den Schnee stapfen wie ein Percht aus der Hölle, sah ihn auf den kleinen Alexander und die gefesselte Karo zugehen. Zumindest vermutete Meiberger das, denn er hielt direkt auf den Baucontainer zu.

Meiberger versuchte mit aller Kraft, sich aufzurichten, merkte aber schnell, dass es keinen Zweck hatte. Die »Ketten der Schuld« wogen schwer, und der Teufel hatte den Verstand und das Know-how eines Exekutivbeamten, der 25 Jahre lang Kriminelle gejagt und damit Summa cum laude die Universität der Gewaltverbrechen und Vertuschungsaktionen abgeschlossen hatte. Niemand hatte die Spuren zu Nepo zurückverfolgen können.

Er hatte alle getäuscht, einschließlich sich selbst. Er, der die Fehler der Kriminellen, die er gejagt hatte, bestens kannte, machte keine Fehler, er hatte sie alle gesehen und vermieden, wie eine teuflische Maschine.

Eine Maschine, die jetzt die Tür des Containers aufriss – und schrie. Meibergers Atem blieb stehen. So infernalisch der Schrei zu ihm herüberhallte, konnte das nur etwas Gutes bedeuten. Denn der Teufel würde nur dann schreien, wenn sein psychotischer Plan zerstört wurde. Und der wäre nur zerstört, wenn ihm seine Protagonisten dafür fehlten. So absurd es also anmutete, aber der Schrei konnte nur Gutes verheißen.

6

Exakt neun Minuten, bevor der Teufel, der einmal Nepo gewesen war, die Containertür aufriss, hatte Karo eine Entscheidung getroffen. Sie würde den kleinen Alexander, der den Großteil der Aufregung verschlafen hatte, ablegen, auch auf die Gefahr hin, dass er davon wach werden würde und so den Albtraum mitbekam, in dem sie gefangen waren. Aber er wachte nicht auf. Der Heizstrahler in der Ecke machte den Container wohlig warm, auf einem Tischchen in der Ecke gab es Kekse und in einer Thermoskanne Weihnachtstee mit Zimt, daneben Kaffee. Ein bequemes Sofa stand an der Wand, er hatte für alles gesorgt. Das machte das Ganze für Karo noch schlimmer. Dieser verdammte Kontrast aus Weihnachtsstimmung und Todesfalle. Es war nichts anderes als der extremste Ausdruck von Nepos Kindheitstrauma, den man sich vorstellen konnte.

Seine Mutter war an einem Weihnachtsabend von einem Einbrecher ermordet worden, der nur deshalb von einer Vergewaltigung abgesehen hatte, weil der kleine Nepo sich aus seinem Versteck kämpfte und auf den Mann zustürmte. Er floh vor dem Halbwüchsigen, der Mann, der gerade eine Frau erdrosselt hatte, er floh vor einem Jungen, der noch Milch zum Frühstück trank und mit seinen Fäusten auf ihn eingeschlagen hatte wie ein Berserker. Der Mörder war nie gefunden worden, und auch wenn Nepo äußerlich keine Narben davongetragen hatte, waren die seelischen Narben so viel tiefer, als irgendjemand hätte vorhersehen können.

Karo stemmte sich mit aller Kraft gegen das Metall des Containerschlosses. Auch wenn sie wusste, dass es verschweißt war und es eigentlich keinen Sinn hatte, stemmte sie sich weiter dagegen, weil der schlafende Junge da hinten ihr Kind war und sie nicht aufgeben würde, egal wie schlecht die Chancen standen.

Karo biss sich auf die Lippe, als das grob verschweißte Metall sich in ihre Handflächen bohrte, aber sie drückte weiter. Nichts tat sich, und trotzdem stemmte sie sich immer weiter dagegen, mit jetzt blutenden Fingern und einem pochenden Herzen, das schon mehr hatte erdulden müssen, als jeder andere Mensch hätte ertragen können.

Erst die Ehe mit Meiberger, diesem Wahnsinnigen, der Wahnsinnige behandelte. Dann das Großziehen seines kleinen Ebenbilds, des rebellischen Patriks, der weggelaufen war und sich wahrscheinlich irgendwo über sie schlapplachte, eine andere Erklärung konnte es nämlich nicht geben. Karo stemmte sich mit aller Kraft gegen die Metalltür, und sie betete zu Patrik, betete, dass er sie und seinen kleinen Bruder retten würde. Und da erkannte Karo die Wahrheit: dass sie insgeheim sehr wohl damit rechnete, dass Patrik nicht mehr am Leben war. Warum sollte sie zu einem Lebenden beten?

Karos Augen wurden glasig, aber sie ließ keine Schwäche zu. Mit aller Kraft stemmte sie sich weiter gegen die Metalltür. Sie hatte einmal eine interessante Doku gesehen. Darin ging es um Mütter, die in Extremsituationen plötzlich übermenschliche Kräfte entwickeln konnten. Mütter, die Autos anhoben, wenn ihr Kind darunter gefangen war, oder andere Dinge taten, die sie unter normalen Umständen nie würden tun können. Karo glaubte nicht an so was.

Trotzdem war sie hier und stemmte sich jetzt mit aller Kraft gegen ein perfekt verschweißtes Metallschloss, obwohl das überhaupt keinen Sinn ergab und völlig aussichtslos schien. Doch sie kannte die entscheidende Pointe dieses Sachverhaltes nicht.

Zwar konnte Nepo, dem Kripoleutnant, im Einsperren von Leuten niemand das Wasser reichen, und der Teufel, der über alle von Nepos Fähigkeiten verfügte, hatte sie perfekt eingesperrt. Allerdings war das Schloss ein zugekauftes und hatte Schweißnähte. Und Schweißen war eine Wissenschaft.

Das war nicht übertrieben, beim Festschweißen von Nähten konnte vieles schiefgehen, und auch wenn die Industrie es nicht gern hörte: Jede handelsübliche Schweißnaht enthielt Schwachstellen und war ein potenzielles Sicherheitsrisiko. Wenn man sich mit aller Kraft gegen eine solche Schweißnaht stemmte, so wie Karo es jetzt tat, und dazu noch das Glück hatte, den richtigen Winkel zu erwischen, dann konnte es passieren, dass die Schweißnaht aufging, das Metall unter dem Druck seine Stabilität verlor und in einem glorreichen Anflug von Materialermüdung anfing, sich zu verbiegen.

Genau das passierte in dieser Sekunde, das Schloss verbog sich, Karo trat gegen die Tür – und sie sprang auf!

Der Teufel, der währenddessen gerade damit beschäftigt gewesen war, dem vom Rottweilerbiss blutenden Meiberger rostige Ketten anzulegen, merkte nicht, wie Karo sich aus dem Container befreite. Sie nahm den kleinen Alexander auf den Arm, drückte ihn fest an sich und hüllte sie beide in ihren Mantel, den der Teufel ihr dagelassen hatte. Er hatte sie bis zum größten Moment des Krippenspiels gut behandeln wollen, damit sie möglichst rein für das Licht der Weihnacht waren, und genau diese psychotische Absurdität in seinem Denkmuster ermöglichte es Karo jetzt, durch die Tür des Containers zu schlüpfen und aus der Höhle in die eisige Kälte zu fliehen.

Nun, neun Minuten später, lag Meiberger zitternd am Boden, gefesselt an Ketten, deren Gewicht ihn unten hielt, während der Teufel feststellte, dass die Maria und das Jesuskind für sein Krippenspiel nicht mehr da waren. Der Teufel reagierte in Panik, er lief los, zweigte dabei aber in alle Richtungen ab, wie ein Huhn, dem man den Kopf abgeschlagen hatte.

Blutige Federn, die der neben dem Stroh des Krippenspiels liegende Meiberger jetzt bildlich vor sich sehen konnte, aber es waren keine Federn, es waren Felsen inmitten des vereisten Bodens, und da war er, der Moment den Meiberger nutzen musste, weil es die einzige Chance war, die er bekommen würde.

Meiberger streckte den Rücken durch, stützte sich mit dem unversehrten Arm ab, spannte alle Muskeln an, die er mobilisieren konnte, und tatsächlich, er hob sich so weit über den Boden, dass die Fallhöhe ausreichen konnte. Das war alles, was notwendig war, er schob seine Hand unter seinen Körper, spürte die Muskelfasern in seinem Arm protestieren, wusste aber, dass er noch ein paar Zentimeter höher kommen musste, streckte dann den Daumen aus, und wie so oft zuvor erfasste er intuitiv – dank C. G. Jung – den richtigen Moment. Meiberger ließ sich mit aller Kraft nach unten fallen, den Daumen ausgestreckt, sein Gewicht die Waffe, die den Finger gegen den harten Felsen schmetterte. PLOPP – das Geräusch des aus dem Knochen springenden Daumengelenks entbehrte nicht einer gewissen Komik und war schneller als der Schmerz, der jetzt durch die Hand in Meibergers Arm fuhr, von dem er befürchtete, er würde ihn das Bewusstsein kosten.

Wach bleiben, um jeden Preis wach bleiben, denn es hatte geklappt, der Daumen stand schräg zur Seite und Meiberger konnte den Arm aus den Ketten ziehen. Verdammte Scheiße, es hatte tatsächlich funktioniert.

»Jesus, Maria und Halleluja, Pete«, schoss ihm wieder eine Stimme aus seinem Lieblings-B-Movie durch den Kopf. Das war der gemeinsame Nenner zwischen Meiberger und Ganslinger, die Schwäche für Genrefilme, nur mit dem Unterschied, dass sie bei Ganslinger extrovertiert und beim Akademiker Meiberger unterdrückt und heimlich war. Alles andere wäre nicht standesgemäß gewesen. Meiberger wusste, dass Ganslinger, jetzt wo Nepo fort war, sein einziger verbliebener Freund war, und auch wenn der ihn zuvor verraten hatte, würde er in dieser Situation, wo es ernst wurde, für ihn da sein. Eva würde Ganslinger finden, er würde sich um sie kümmern, und dann würde er sich auf die Suche machen.

Für ihn war es zu spät, aber das spielte keine Rolle, solange nur Karo und das Kind in Sicherheit waren. Waren sie das? Meiberger konnte es nicht mit Sicherheit sagen.

Der Schmerz des ausgerenkten Fingers hatte seine Sinne benebelt, doch es war noch nicht vorbei.

Der Teufel lief, und Meiberger begriff, dass es ihm wenig brachte, frei zu sein. Seine Füße waren so festgefroren, dass sie ihn kaum tragen konnten, und der Teufel, der nicht mehr Nepo war, aber noch seine Waffe hatte, stürmte jetzt hinter der Mutter seines Kindes her, die nicht weit gekommen sein konnte, womöglich nur ein paar Meter weiter unten durch den Schnee lief, ein Kleinkind im Arm, das die Kälte töten würde, wenn nicht der Teufel es zuvor erwischte.

Meiberger schrie, er schrie so laut er konnte, richtete sich auf und befahl seinen Beinen, ihn zu tragen, aber das taten sie nicht. Sie gaben nach, und er stürzte gegen den harten Boden, wo ihn die Dunkelheit empfing. Schlaf gut, Schweini-Tommi. Der Teufel hat noch was zu tun.

7

Der Berghang war hell erleuchtet von der dumpfen Spätnachmittagssonne, die im weißen Schnee reflektierte. Ein Winterwunderland, wenn es nicht gerade die Hölle wäre, durch die Karo buchstäblich gehen musste.

Im Tal blitzten schon die rettenden Lichter auf, doch die waren weit weg, und Karo wusste, dass sie nicht laufen durfte. Aus zwei Gründen nicht.

Zum einen durfte sie keine größeren Spuren hinterlassen als nötig, und schnelle Schritte würden das tun. Zum anderen durfte sie nicht außer Atem kommen, und das war leichter gesagt als getan, wenn man ein sieben Kilo schweres Kind im Arm hielt und mehrere Kilometer Fußmarsch durch den Schnee vor sich hatte. Sie musste ruhig bleiben, bedacht. Sobald das Monster, zu dem Nepo geworden war, auftauchen würde, würde sie ruhig in Deckung gehen müssen, sich verstecken hinter einem Felsen oder einem Baum. Sie würde ihn hören, weil man Monster immer kommen hörte, sie waren laut und Furcht einflößend. Wie die Perchten aus ihrer Kindheit. Der Perchtenlauf war der Nervenkitzel der Alpen, und auch wenn Karo sich immer dagegen ausgesprochen hatte, dass Patrik sich eine Maske schnitzte und mit den Perchten mitlief, verheimlichte sie ihm doch eine interessante Tatsache: Karo hatte als Schülerin selbst ein paarmal an Perchtenläufen teilgenommen. Sie hatte sich jedes

Jahr eine neue Maske geschnitzt, mit dem Feitel vom Opa und den Farben der Oma. Der Perchtenlauf war eine Männerdomäne, und oft nutzten junge Burschen ihn, um die Mädchen ihrer Wahl zum Kreischen zu bringen und sie im Anschluss wieder zu trösten. Sie hatte den Spieß umgedreht, hatte sich noch nie sagen lassen, was sie tun und lassen konnte.

Ein scharfer Windstoß riss Karo aus ihren Gedanken, sie presste den leise wimmernden Alexander an sich, er spürte, dass etwas nicht stimmte, und sie sah, dass der Himmel jetzt blutete. Dunkles Rot hatte sich über den Berghang gelegt, der Abend brach an, und Karo wusste, dass sie es bis zur Dunkelheit nach unten geschafft haben musste, wenn sie überhaupt eine Chance haben wollte. Sie waren warm eingepackt in dem Mantel, aber Karo hatte kein Handy, und wenn es erst dunkel war, würden sie und Alexander sich hier im Nirgendwo verirren und mit hoher Wahrscheinlichkeit erfrieren.

Es war genau dieser Moment, in dem Karo die Schritte hören konnte, die aus der Ferne über den Hang hallten. Karo drehte sich blitzschnell um und sah einen dunklen Umriss, der auf sie zurannte. Das Monster. Jetzt lief auch Karo los, sie stürmte zwischen die Felsen, kauerte sich in eine schützende Grube, die das eisige Gestein bildete. Wenn sie ruhig atmete, würde das Monster an ihr vorüberlaufen, sie nicht sehen, das hoffte sie zumindest. Die Schritte kamen näher, laute, laufende Schritte, die das Monster verrieten. Das Monster, das sie jagte.

Aber es durfte sie und den kleinen Alexander einfach nicht finden, weil die Folgen schlimmer wären als alles, was Karos Psyche in dieser Sekunde imstande war zu verkraften. Das Monster kam näher, sie konnte seinen schnaufenden Atem hören. Die Schritte wurden langsamer, und sie musste erkennen, dass sie verloren hatte, dass der Teufel sie gesehen hatte.

Jetzt wurden die Schritte wieder schneller, sie kamen von weiter links. Der Teufel würde an ihnen vorbeilaufen, nur noch ein paar Sekunden, und er würde weg sein und – da begann der kleine Alexander zu schreien. Der Dreijährige weinte laut auf, so wie Dreijährige es taten, wenn sie Angst bekamen. Karo drückte ihn fester an sich, aber es schien zu spät zu sein, denn sie spürte bereits den Blick aus der Ferne auf sich und konnte die Schritte jetzt direkt auf sie zukommen hören. Karo nahm ihr Kind schützend in den Arm – und lief wieder los.

Sie lief, so schnell sie konnte, aber ihr Verfolger war bereits dabei, sie einzuholen. Karo schrie um Hilfe, irgendjemand musste sie hören, müsste sie finden – als der Verfolger ebenfalls schrie.

»KARO!«

Sie blieb wie vom Blitz getroffen stehen. Die Stimme war vertraut. Es war Meiberger, der sie jetzt umrundete. Er hatte eine blutende Wunde am Hals, sein Arm hing merkwürdig herab, und er sah auch sonst so aus, als ob ihn ein Traktor überrollt hätte, aber er war nicht das Monster und somit der schönste Anblick, den sie sich vorstellen konnte.

Die Schritte waren seine gewesen, der Blick der seine, und Karo drängte sich an ihn, als er mit ihr jetzt den Hang nach unten lief, sie stützte und ihr half, den kleinen Alexander zu tragen, der jetzt so laut weinte, dass man ihn bis ins Tal hören konnte.

Dort unten preschte gerade Ganslingers Einsatzwagen über die Serpentinen. Nach dem, was Eva erzählt hatte, war er in eine Art Schock verfallen, hinter dem sich blankes Entsetzen verbarg. Doch das verlieh seiner Reaktion einen Automatismus, der ihn funktionieren ließ. Sein geschulter Polizistenverstand verhalf ihm, klar, schnell und fokussiert vorzugehen, und im Versuch, einen Hinweis auf Nepos oder Meibergers Verbleib zu bekommen, rief er Karos Mutter Lena an. Sie war das verbindende Glied zwischen allen, und wenn jemand etwas wusste, dann sie. Und deswegen war er jetzt hier, auf dem Weg zu Nepos Hütte, und versuchte, die schlitternden Reifen gerade zu halten. Hinter ihm folgte ein Rettungsauto, das er angewiesen hatte, das Folgetonhorn auszumachen. So hoch oben war so ein Folgetonhorn ein Sicherheitsrisiko, es konnte kleine Schneeabgänge oder Lawinen auslösen. Ganslingers Vorschriftstreue stellte sich als das Glück des Tüchtigen heraus, denn dadurch verschaffte er sich einen entscheidenden taktischen Vorteil, den er in tausend Jahren nicht hätte vorhersehen können: Er konnte durch das geschlossene Fenster die Schreie des kleinen Alexander hören, die der Hall verstärkte, die das Folgetonhorn jedoch verschluckt hätte. Eva, die – immer noch mit blauen Lippen, dafür in der wärmsten Daunenjacke, die er hatte finden können – neben ihm saß, war als Bergsteigerin erfahren genug, um Ganslinger die Richtung zu deuten, aus der das Weinen kam.

Ganslinger fuhr so schnell es der Straßenverlauf zuließ und lenkte scharf nach links in einen Forstweg, was nüchtern betrachtet eine dumme Entscheidung war, weil daraufhin sein Heck ausbrach und er sich mit dem Auto fast überschlagen hätte, wenn das Glück des Tüchtigen nicht noch ansatzweise an ihm geklebt wäre. Er schaltete in den nächsten Gang, beschleunigte und fuhr direkt in die Richtung, aus der das Geschrei kam. Dabei brannte ein Gedanke in Ganslingers Kopf, der eine Hoffnung war. Die Hoffnung, dass er das schreiende Geschöpf noch vor seinem Verfolger erreichen würde. Doch die Hoffnung wurde nicht erfüllt, denn während Ganslinger noch einige Kilometer entfernt beschleunigte, hatte der Teufel weiter oben am Berghang Maria und Josef bereits entdeckt, die das Jesuskind umklammert hielten und sich den Hang nach unten kämpften.

Der Teufel spürte, wie ihm warm ums Herz wurde. Über ihm verdunkelte sich der Himmel, und auch wenn sein ganzer Körper vor Schmerz pulsierte, wusste er doch, dass alles gut werden würde, denn er lag direkt vor ihm, der Weihnachtsabend. Josef und Maria hatten ihn noch nicht bemerkt, und auch wenn die Wärme, in die er sie hatte schicken wollen, noch als wehmütige Erinnerung in ihm pochte, bot das Schicksal ihm in diesem Moment eine Alternative.

Bei seinem Versuch, die Mutter des Christkinds und ihr Heiligstes schneller ins Tal zu geleiten, hatte Josef den schmalen Serpentinenweg gewählt, der zur Straße führte. Eine effiziente Überlegung, wie Nepos Polizistenverstand dem Teufel bestätigte, aber auch ein extremes Risiko, denn unter dem von Schnee und Eis überzogenen Pfad waren Wurzeln und Steine verborgen, die jeden Schritt zu einem Wagnis werden ließen. Außerdem klaffte an einer Seite ein Abgrund, der jedes menschliche Wesen verschlingen würde. Ein Sturz aus dieser Höhe war unwiderruflich tödlich, und der Teufel spürte, wie der Gedanke daran ihm weitere Wärme in sein pochendes Herz trieb.

Es war der Weihnachtsabend, und es war Zeit, dem Einen zu huldigen, der dem Teufel seine Freude schenkte.

Meiberger bemerkte die Schritte ihres Verfolgers, die leise wie die eines Raubtiers direkt hinter ihnen durch den Schnee huschten, zuerst. Er ließ Karo los, platzierte sich vor ihr und wendete sich dem Teufel zu, der jetzt auf sie zukam.

Karo schrie.

Das, was auf sie zustürmte, war auch optisch ein Monster, ein menschgewordener Percht, der nichts mehr mit Nepo zu tun hatte. So paradox es klang, die Tatsache, dass Nepo diese Furcht einflößende Maske trug, machte es für Karo leichter, ihren Verstand festzuhalten. Wäre es der Mann gewesen, den sie einmal geliebt hatte, der sie und das gemeinsame Kind töten wollte, so hätte ihr Gehirn sich in den Wahnsinn geflüchtet. Dieses apokalyptische Monster aus der Hölle war buchstäblich besser als ein vertrautes Gesicht. Karo wandte sich ab und beugte sich über den kleinen Alexander wie ein menschlicher Schutzschild.

Damit rettete sie dem Kleinkind seine gesunde Psyche, denn Alexander würde nichts von dem Monster mitbekommen, das jetzt auf Meiberger zuging wie der Schlächter auf das Opferlamm.

Heilige Scheiße, jetzt stand er buchstäblich dem Teufel gegenüber, und das Einzige, was Meiberger in diesem Moment zugutekam, war die Tatsache, dass er tatsächlich religiös war.

In den Kreisen, in denen er verkehrte, musste der Akademiker diese Tatsache verstecken. Das Jesuskreuz seiner Oma war für viele nur ein esoterisches Symbol, und er musste sich ständig schief dafür anschauen lassen, dass er, wenn auch nicht wörtlich, aber doch symbolisch an die Bibel glaubte. Es waren keine guten Zeiten, um religiös zu sein, egal welcher Religion man angehörte, aber das änderte nichts daran, dass Meiberger es war. Und daher wusste er eine Sache.

Er stand in dieser Sekunde nicht allein am Berghang. Womöglich kümmerte Gott sich wenig um einen alten Sünder wie Schweini-Tommi, aber wenn es seine Aufgabe war, eine Mutter und ihr unschuldiges Kind zu schützen, dann könnte er sicher mit ein bisschen Unterstützung von »oben« rechnen. Anders als Karo betete Meiberger in dieser Sekunde nicht zu Patrik. Nicht, dass er es als Blasphemie empfand, zu

Verstorbenen zu beten, sein Religionslehrer Pater Fischer hatte das im Sinne der Jenseitsverehrung als »schon okay« durchgewunken. Aber Patrik lebte, davon war Meiberger überzeugt, und aus diesem Grund wandte er sich an den großen Mann persönlich. Alles, was er wollte, war ein Hinweis. Was zum Teufel – um beim Thema zu bleiben – konnte er diesem Monster, das da im Schnee auf ihn zustapfte, entgegensetzen?

Körperliche Gewalt schied aus. Nicht weil Meiberger als Christ davor zurückgeschreckt hätte, sondern weil der Teufel eine geladene Glock in der Hand hielt und die Treffsicherheit eines Exekutivbeamten mit dreißig Jahren Berufserfahrung hatte.

Worte? »Es wird dir nicht gelingen, dich aus dieser Scheiße rauszuquatschen«, hörte Meiberger eine Figur aus seinem heimlichen Lieblingsfilm sagen, und das stimmte leider. An Nepo zu appellieren, ihm klarzumachen, dass Alexander sein eigenes Kind war, dem er das alles antun wollte, war vollkommen nutzlos. Denn als Psychologe wusste Meiberger, dass der Teufel Nepos Verstand nicht überschrieben hatte, sondern ihn gegen ihn einsetzte. Alle zu erwartenden Widersprüche waren auf Nepos Weg zum Psychopathen bereits geäußert und mit psychotischen Argumenten abgeschmettert worden.

»Mit dem können Sie nicht verhandeln, er kennt kein Mitgefühl, er wird weitermachen, bis das Ziel erreicht ist«, sagte eine andere Stimme aus einem weiteren Film, und Meiberger fragte sich, wie viele Sekunden ihm wohl noch blieben, bis der Teufel ihn erreicht hatte. Zehn? Fünf? Egal, denn der Arm des Teufels richtete jetzt die Waffe direkt auf ihn wie eine auf Tod getrimmte Maschine.

Meiberger begriff in dieser Sekunde, welche Alternative der Teufel gewählt hatte. Er würde erst auf Meiberger schießen und dann auf Karo und das Kind, denn das würde in diesem Winkel einen spektakulären Effekt haben. Mit hoher Wahrscheinlichkeit würden sie zurückgeschleudert werden und in die Tiefe stürzen. Die Dunkelheit würde sie verschlingen.

Meiberger wusste, dass ihm jetzt nur noch ein Satz blieb, bevor Nepo abdrückte, und er wählte aus Millionen von Möglichkeiten den einzigen, von dem er wusste, dass er eine Wirkung haben würde:

»Es ist meine Schuld, dass der Patrik weg ist.«

Der Teufel hielt inne. Als Psychologe war Meiberger klar, dass alle rationalen Argumente in Nepos Ringen um seinen Verstand in den letzten Monaten abgeschmettert worden waren. Allerdings nur die rationalen Argumente, mit denen er hatte rechnen können.

Der Teufel wusste, was Nepo wusste, aber was Nepo überraschen würde, würde auch den Teufel überraschen. Und dass Meiberger die Schuld an Patriks Verschwinden auf sich nehmen würde, hätte er auch in Hunderten Antizipierungsversuchen nicht vorhersehen können.

Meibergers Taktik war so perfekt, dass er rückblickend tatsächlich eine Eingebung von »oben« in Betracht zog. Indem er die Schuld von Nepos Schultern nahm, zerstörte er den Trigger seiner Psychose und brachte den Teufel, der buchstäblich aus ihr geboren worden war, aus dem Konzept. Nepo senkte die Waffe, und für einen kurzen Augenblick war er wieder Nepo, der voller Entsetzen realisierte, was gerade vor sich ging.

Meiberger nutzte diesen Moment, der die einzige Chance war, die er kriegen würde. »Du bist nicht schuld, dass deine Mutter tot ist. Und du bist schon gar nicht schuld, dass Patrik weg ist. Weil ich daran schuld bin, ich ganz allein.«

Nepo erwiderte Meibergers Blick und sah die Ehrlichkeit in seinen Augen. Er sah Karo, die den kleinen Alexander an sich drückte, und Meiberger, der sich schützend vor die beiden gestellt hatte. Schützend, wie Josef vor Maria und dem Jesuskind, denn das waren sie, und er musste sie zur Hölle schicken. Nepo spürte, dass der Teufel wieder übernahm, und er wusste, dass er gegen ihn nur eine einzige Chance hatte. Einen einzigen Schritt. Und den tat er. Nepo machte einen Satz zur Seite – und ließ sich nach hinten fallen. Er spürte, wie der Teufel versuchte, Gleichgewicht zu finden, seinen Körper zurück auf den Hang zu bringen, aber Nepo ließ ihn nicht. Er ließ sich mit der letzten Kraft, die seine Seele noch über seinen Körper hatte, in die Tiefe stürzen und hörte den Teufel beim Fallen schreien, so wie er geschrien haben musste, als er damals gefallen war, als Engel.

Karo drehte sich um, sie presste den kleinen Alexander an sich und überließ es Meiberger zu bezeugen, wie der beste Freund, den er auf der Welt gehabt hatte, von der Dunkelheit verschluckt wurde und seinen größten Feind damit für ihn besiegte. Karo schaute weg. Sie würde sich nicht davon erholen, aber der kleine Alexander schon. Sie hatte ihn geschützt, und Meiberger schützte sie beide. Er wickelte seinen Mantel um sie und ging mit ihnen durch die Kälte, der Dunkelheit entgegen, die wenige Sekunden später von Blaulicht erhellt wurde. Dem Blaulicht von Ganslingers Dienstwagen, das sich durch die Bäume seinen erlösenden Weg zu ihnen bahnte.

8

LPD – LANDESPOLIZEIDIREKTION SALZBURG

BERICHT 160185

Bearbeiter/in: Gruppeninspektor Kevin Gottlieb Ganslinger
Datum: 25.12.2019
Betreff: WALLNER, Nepomuk, Oberstleutnant
Vorfallszeit: 24.12.2019, 21:30-22:00 H
Vorfallsort: 5082 Untersberg
Sachverhaltsdarstellung:
Seitens der betroffenen Partei BUCHER, Eva erging gegen 17:15 Uhr eine Meldung an GANSLINGER, Kevin Gottlieb, GrInsp.
Gegen 17:45 traf GANSLINGER, Kevin Gottlieb, GrInsp., mit einem Einsatzmodul bestehend aus EISTRAUB, Arthur, RevInsp., und WEINKIRSCH, Reinhard, RevInsp., am Tatort ein und stellte die Sicherheit der betroffenen Parteien MEIBERGER, Thomas, Mag.rer.nat., WALLNER, Karoline und WALLNER, Alexander sicher.
Die verständigten Rettungskräfte, bestehend aus NEUGEBAUER, Mischa, und MANTSCH, Sandra, bargen um 18:13 Uhr WALLNER, Nepomuk, OsL., in etwa 5000 Metern Luftlinie von der Alpenstraße entfernt am Berghang 1256. Der Tod wurde um 18:56 Uhr vom Amtsarzt WEST, Herbert, Dr. med., festgestellt.

9

Im Mirabellgarten stand sie noch, die Parkbank von Karo und Meiberger. Er saß jetzt allein dort, und in seinem Körper breitete sich eine Wehmut aus, die so schmerzhaft war, dass er sich sein Selbstmitleid verzieh. Er bezahlte mit Schmerzen, und somit war es okay. Wieder quälte Meiberger die Kausalattribution, denn in dieser Sekunde fühlte er sich genauso ausgebrannt wie die leeren Silvesterkracher, die unter dichten Rußflecken im Schnee steckten. Ein wahres Spektakel war am Vortag hier im Park gezündet worden, und ein Meer aus bunten Kartonhüllen und Verpackungen zeugte von dem Inferno, das das Feuerwerk am Himmel entfesselt hatte. Es war der erste Jänner, morgens, und es war buchstäblich niemand auf der Straße unterwegs. Der Park war leer und still, eine Stille, die so beunruhigend war, dass Meiberger sich in seine Gedanken flüchtete, um nicht allein zu sein.

Er hoffte ehrlich, und zwar von ganzem Herzen, dass Karo glücklich werden würde. Mit diesem Christian oder Christoph oder wie der Vogel hieß. Dieses junge Mädchen, mit ihrer ehrlichen Liebe und der Lust am Leben. Sie hatte viel Schlimmes erleiden müssen. Aber jetzt hatte sie wieder eine Chance. In einer abstrakten SMS, die kürzer war als das Vorstrafenregister des Papstes, hatte sie ihn wissen lassen, dass sie wegzog, dass sie mit diesem Typ nach Wien gehen würde. Und mit dem kleinen Alexander.

Das war gut, und es freute ihn ehrlich. Salzburg war Meibergers Heimat, er würde sie nie verlassen. Mit Blick auf das Zauberflötenhäuschen mit seinem schneebedeckten Dach war ihm das mehr denn je bewusst. Salzburg war sein kleiner persönlicher Himmel. Aber seit Patrik nicht mehr da war, hatte sich dieser Himmel verdunkelt, und Karo und Alexander, sie hatten mehr verdient. Meiberger würde für Alexander da sein, das wusste Karo. Er war Nepos Sohn, und der gute Teil von Nepo, den er auf seine eigene Art geliebt hatte wie einen Bruder, der hatte Meiberger zu Alexanders Taufpaten gemacht.

Und in diesem Moment, allein auf der Bank im Schnee, war Meiberger klar, dass der gute Nepo einen Grund dafür gehabt hatte. Er hatte keine wirkliche Kenntnis vom Vorhaben des Teufels gehabt, aber vielleicht eine Ahnung. Eine Intuition, wie C. G. Jung sagen würde. Meiberger würde für Alexander da sein müssen, wenn der Teufel übernahm. Weil der gute Nepo ebenso wie Meiberger wusste, dass auf den nächstbesten Christian, Christoph, oder wie auch immer der Typ hieß, kein Verlass war. Meiberger überlegte für einen Moment, ob es unpassend war, dass er mit einem »bösen Mörder« wie Nepo noch in Gedanken verbunden war. Aber das war der naive Teil seines Bewusstseins. Der abgebrühte Teil, der »wahrhaftige«, wie Sigi Freud sagen würde, wusste es besser. Meiberger hatte den Großteil seines Lebens unter Teufeln verbracht.

Karo erinnerte ihn mit schöner Regelmäßigkeit daran, dass er ihren ersten Hochzeitstag in einem Sicherheitstrakt mit einem Serienmörder verbracht hatte. Es stimmte. Meiberger saß unter Dämonen, aber anders als Eva, die von ihnen fast verschlungen worden wäre, konnten sie ihm nichts anhaben. So als ob er der buchstäbliche Advokat der Teufel war und sie das wüssten. Als ob er ihr Sprachrohr war, der nüchterne Psychologe, der sie trotz allem noch als Menschen sehen konnte. So wie er Nepo noch als Menschen sah.

Meiberger war nicht sentimental, und er würde Nepos Grab auch nicht besuchen, um theatralisch mit ihm zu sprechen. Aber er übernahm die Grabkosten, die andernfalls an Karo hängen geblieben wären. Meiberger war natürlich klar, dass das ein billiger Versuch war, seine Schuldgefühle gegenüber Karo zu betäuben.

Er hatte faktisch keine Schuld an Patriks Verschwinden, und dennoch spukte ihm eine Gewissheit im Kopf herum, jede Nacht, wenn er versuchte einzuschlafen, und jeden Morgen, wenn er sich überlegen musste, ob er aus dem Bett rollen oder aus dem Fenster springen sollte. Wenn er es geschafft hätte, mit Karo zusammenzubleiben, wenn er Patrik die Familie gegeben hätte, die er brauchte – dann wäre er nicht abgehauen, er wäre noch da, sie wären zusammen.

Eine wacklige Hypothese, wie Sigi Freud sagen würde, aber leider eine realistische. Das Einzige, was Meiberger blieb, war der Versuch, auf der Jagd nach neuen Teufeln die Schuld zu mindern, die er, der größte Teufel von allen, durch Patriks Verschwinden auf sich geladen hatte.

Und insgeheim verbarg sich dahinter noch eine überraschend optimistische Hoffnung: dass Meiberger auf der Jagd nach den Dämonen, wenn schon nicht Patrik, dann zumindest den einen finden konnte, der für Patriks Verschwinden verantwortlich war. Sofern es den überhaupt gab. Niemand wusste, was mit Patrik passiert war, niemand hatte einen Anhaltspunkt, aber Meiberger hatte trotzdem nie aufgehört, nach seinem Sohn zu suchen. Nepo war emotional zu sehr involviert, als dass Meiberger ihn um Hilfe hätte bitten können. Wie immer in solchen Fällen hatte Meiberger sich an die Unschuld in Person gewandt, den einen Menschen, der auch vor den Toren der Hölle noch mit einem Vanillekrapfen in der Hand das Gute verteidigen würde: Ganslinger.

Wie auf Kommando, als ob seine Gedanken ihn in bester C.-G.-Jung-Manier herbeigerufen hätten, stand Ganslinger plötzlich vor ihm. Erschienen wie die Pointe in einem Zaubertrick. De facto war Ganslinger schon gute zwei Minuten zuvor durch den Schnee auf ihn zugestapft, aber Meiberger hatte es nicht gehört, die Kraft der Konzentration nach Schopenhauer war eine Macht. Ganslinger strich sich die Schneeflocken aus dem roten Haar und setzte sich neben Meiberger auf die eisige Bank. Er zögerte eine Sekunde, warf ihm dann einen besorgten Blick zu, und Meiberger nickte nur. Es war ihr erstes Beisammensein seit Nepos Tod, und Meiberger wollte ihm versichern, dass alles in Ordnung war. Dass er klarkommen würde ohne Ganslingers Beistand, und dass es jetzt an diesem war, sein Herz auszuschütten. Mit ihm, dem Psychologen, über alles zu reden, was ihn seit Nepos Tod quälte. Aber dafür war Ganslinger nicht gekommen.

Was immer nach Nepos Tod in ihm vorgegangen war, Ganslinger hatte es in Eierlikör und Schaumrollen ertränkt und in die tiefe Ecke seines Unterbewusstseins verbannt, in der all die Menschen lagen, auf die Ganslinger in seiner Dienstzeit hatte schießen müssen. Dort schlummerte nun auch Nepo, mit Teufelshörnern und geschlossenen Augen, weil Ganslinger den Anblick seiner Augen nicht ertragen hätte. Er schüttelte den Gedanken ab und stellte Meiberger die Frage, die in seinem Kopf brannte, seit er begriffen hatte, was mit Nepo passiert war.

Konnte Nepo etwas mit Patriks Verschwinden zu tun haben? Die Geschwindigkeit der Antwort überraschte Ganslinger ebenso wie die Kürze ihrer Ausführung: »Nein.« Was in Nepos Kopf passiert war, kam schleichend und wurde von Patriks Verschwinden ausgelöst, nicht umgekehrt. Wenn Meiberger etwas ganz sicher wusste, dann das. Gerade als Ganslinger etwas Andächtiges erwidern wollte, kackte ihm eine Taube auf den rhetorisch ausgestreckten Finger. Im Mirabellgarten kam das oft vor, aber der Moment, in dem es passierte, ließ Meiberger wieder an die Kausalattribution denken.

Der Anblick des vollkommen verdutzten Ganslinger mit der Vogelscheiße auf dem Zeigefinger tat sein Übriges, Meiberger konnte nicht anders, er musste lachen. Ganslinger zögerte für einen Moment. Dann warf er den Kopf zurück und lachte mit. Bald konnten sie nicht mehr unterscheiden, ob die Tränen in ihren Augen vom Lachen oder von der Trauer kamen, aber das war im Grunde auch vollkommen egal. Wie hatte Nepo immer gesagt? Was zählte, war der Moment. Alles, was vor und hinter ihnen lag, bedeutete in dieser Sekunde nichts für Meiberger und Ganslinger, denn jetzt saßen sie einfach im Sonnenschein auf der Parkbank im zugeschneiten Mirabellgarten und lachten. Das Leben war ein schlechter Witz, aber wie hatte Nepos Opa immer gesagt? Alle wollten ihn hören. Und dazu lachen. Je lauter, desto besser.

Als Ganslinger sich schließlich verabschiedete, blieb Meiberger noch etwas sitzen. Er wartete ab, bis Ganslinger außer Hörweite war, und zog dann sein Handy aus der Tasche, weil er wie so oft Patriks Stimme hören wollte. Er wollte Patriks Mailbox erzählen, was passiert war, wollte ihm schonend von Nepo berichten und zum Ausdruck bringen, dass er sich keine Sorgen machen musste, weil es Karo gut ging.

Er wählte Patriks Nummer aus dem Adressbuch aus und hob das Handy ans Ohr. Wie immer kein Freizeichen, sondern direkt Patriks Stimme. Die diesmal jedoch nicht von der Mailbox kam. »Papa?«

Meiberger erstarrte.

War er jetzt auch übergeschnappt? Spielten ihm seine Sinne endgültig einen Streich, war er dabei, so wie Nepo den Verstand zu-

»Papa, bist du da?«

Meiberger versuchte, etwas zu sagen, überhaupt einen Ton rauszubringen. Es reichte nur zu einem schwachen »Ja …« Immer noch der Auffassung, einer Halluzination oder einem schlechten Scherz aufzusitzen, stand er auf, das Handy ans Ohr gespresst, aus dem Patriks Stimme kam, eine Stimme, die ängstlich klang.

»Hör zu, wir ham nicht viel Zeit! Ich brauch deine Hilfe, Papa, ich –«

In dem Moment brach die Verbindung ab.

Meiberger betätigte sofort die Wahlwiederholung, und nur wenige Sekunden später hörte er wieder Patriks Stimme. Die jetzt aber sagte: »Mobilbox von Patrik Meiberger, Nachrichten nach dem Signalton.«

Meiberger versuchte, seine Gedanken zu ordnen, versuchte zu begreifen, was gerade passiert war. Er hatte es sich nicht eingebildet. Patrik war dran gewesen, nach all den Jahren.

Er lebte noch, aber er war offensichtlich in Gefahr. Und der Einzige, der ihm helfen konnte – war Meiberger.

ENDE

Meibergers Geschichte geht 2020 weiter.
In einem neuen Servus Krimi.

NACHWORT

von Alexander Gappmaier
(Allgemein beeideter und gerichtlich zertifizierter Sachverständiger, Klinischer und Gesundheitspsychologe)

Die Forensische Psychologie, oder Gerichtspsychologie, versucht mittels spezieller psychologischer Methodik, Theorien und Forschungserkenntnisse Fragestellungen bei Gericht zu beantworten. Wir beschäftigen uns zum Beispiel in Pflegschaftsverfahren mit der Frage nach Kindeswohlgefährdung oder der Fremdunterbringung von Kindern, am Strafgericht mit Glaubhaftigkeitsanalysen von Zeugen, etwa beim Vorwurf eines sexuellen Missbrauchs, aber auch mit der Einschätzung von seelischen Schmerzen, die ein Mensch durch traumatische Erfahrungen als Opfer eines Verbrechens erlitten hat, zudem mitunter mit der Frage, ob ein Mensch, der eine Tat begangen hat, zu diesem Zeitpunkt zurechnungsfähig gewesen sein könnte oder nicht.

Forensische Psychologen setzen sich naturgemäß mit den Ursachen und den dahinterliegenden Motiven von (delinquenten) Verhaltensweisen auseinander. Gerichtspsychologen greifen dabei die Thematik der Kausalitäten auf, also wie Verbrechen entstehen und vollzogen werden. Neben unserem psychologischen Spezialwissen wenden wir dazu unter anderem die sogenannte Psychodiagnostik an, empirisch gestützte Testverfahren, mit denen wir Persönlichkeitsprofile erstellen können. Auf die gerichtlichen Fragestellungen hin werden schlussendlich ausführliche Gutachten ausgearbeitet. Eine äußerst hohe Verantwortung tragen die Forensischen Psychologen bei prognostischen Einschätzungen.

Meiberger kann nur dann ein Forensischer Psychologe sein, wenn er auch über die Kompetenz eines Klinischen Psychologen verfügt. Klinische Psychologen befassen sich, unabhängig von einer Psychotherapieausbildung, mit der gesamten Methodenvielfalt, die in der wissenschaftlichen Psychologie existiert, um psychische Störungsbilder diagnostizieren bzw. behandeln zu können. Das eröffnet den Autoren natürlich ein breites Repertoire an Möglichkeiten, wie Meiberger an seine Fragestellungen herangehen kann. Oder anders gesagt, die Kreativität hinsichtlich seiner Abenteuer und seiner psychologischen Vorgehensweisen kennt praktisch keine Grenzen.

Die spannenden Geschichten, die Meiberger im Film und nun auch im Roman erlebt, sind zwar frei erfunden, beinhalten aber alle einen wahren Kern, der meiner täglichen psychologischen Arbeit entnommen ist. Die Autoren, Maja und Wolfgang Brandstetter, verbrachten über Monate hinweg unzählige Stunden mit mir, in denen ich ihnen aus meinem beruflichen Alltag und vom weiten Land der Seele erzählt habe. Das lieferte ihnen die Grundlage für die Fälle und Erlebnisse, mit denen Meiberger konfrontiert wird.

In »Perchtenjagd« stößt Meiberger dabei auf einen Kontrahenten, der eine sehr besondere psychische Störung aufweist: die sogenannte multiple Persönlichkeitsstörung. Diese Störung ist recht selten, ich selbst bin bislang einmal mit einem derartigen Störungsbild konfrontiert worden. Laut der Internationalen Klassifikation psychischer Störungen (ICD-10 Kapitel V (F)), herausgegeben von der WHO, ist das grundlegende Merkmal dieser Störung das offensichtliche oder scheinbare Vorhandensein von zwei oder mehreren verschiedenen Persönlichkeiten bei einem Individuum. Dabei ist zu einem bestimmten Zeitpunkt jeweils nur eine sichtbar. Jede Persönlichkeit ist vollständig, mit eigenen Erinnerungen, Verhaltensweisen und Vorlieben. Diese können in deutlichem Kontrast zu der prämorbiden Persönlichkeit stehen. Bei der häufigsten Form zweier Persönlichkeiten ist meist eine von beiden dominant, und die eine ist sich der Existenz der anderen fast niemals bewusst. Dabei vollzieht sich der Wechsel von der einen Persönlichkeit zur anderen beim ersten Mal gewöhnlich plötzlich und ist eng mit traumatischen Erlebnissen verwoben.

Diese Persönlichkeitsstörung ist unter den sogenannten »Dissoziationen« subsumiert. Normalerweise besteht ein hoher Grad an bewusster Kontrolle darüber, welche Erinnerungen und Empfindungen für die unmittelbare Aufmerksamkeit selektiert und welche Bewegungen ausgeführt werden. Das allgemeine Kennzeichen der dissoziativen oder Konversionsstörungen ist der teilweise oder völlige Verlust der normalen Integration von Erinnerungen in die Vergangenheit, des Identitätsbewusstseins, der unmittelbaren Empfindungen sowie der Kontrolle von Körperbewegungen. Die multiple Persönlichkeit(sstörung) ist hiervon ein ganz besonderer Spezialfall. Diese Art von Störung als Explikation zu verwenden, hat den beiden Autoren die Grundlage für einen besonders perfiden Fall geliefert, den Meiberger in diesem Buch zu lösen hat.

Neben psychischen Störungen und Erkrankungen kommt bei Meiberger aber auch die Parapsychologie zum Tragen, hat doch der Glaube an das Übernatürliche die Menschen schon immer fasziniert. Wissenschaft und Magie gegenüberzustellen, war ein Grundanliegen meinerseits und ist der besondere Clou der Meiberger-Krimis. Natürlich ist das »Rom des Nordens«, die Stadt Salzburg, ein magisches Element für sich – vielleicht mitunter deshalb, weil man überall Mozarts Magie spürt oder weil hier eben der berühmteste Arzt und Magier der Welt arbeitete, Paracelsus. Nicht zuletzt trägt der sagenumwobene Untersberg in Salzburg ein Stückchen Magie bei, den der Dalai Lama anlässlich seines Salzburgbesuches 1992 als »Herzchakra Europas« bezeichnete. Und so gibt es keinen besseren Ort auf der Welt, an dem man den Gerichtspsychologen Meiberger seiner aufregenden Arbeit – und seiner Magie, der Zauberei – nachgehen lassen kann. Für den vorliegenden Roman waren Maja und Wolfgang Brandstetter dabei vor die Herausforderung gestellt, diese Magie bei den Leserinnen und Lesern im Kopf entstehen zu lassen. Eines der Symbole in der Zauberkunst, wie übrigens auch in der Mythologie, stellt beispielsweise der Spiegel dar. Und so arbeiteten die Autoren unter anderem eine kleine Spiegelillusion, die ich früher oft aufgeführt habe, in die Geschichte ein, wodurch dieses Zauberkunststück die Leserinnen und Leser nun genau so im Kopf erreicht, als ob sie es tatsächlich sehen würden.

Für Herrn Magister Meiberger stellt »Perchtenjagd« eine Premiere dar, auf neue, abenteuerliche Art seiner forensischen Arbeit nachzugehen. Wolfgang und Maja Brandstetter haben einen ersten Meiberger-Krimi in Romanform verwirklicht, der jedem Meiberger-Fan, aber auch allen, die Meiberger noch nicht kannten, das Vergnügen beschert, in die ungewöhnlich aufregende Welt der Gerichtspsychologie – und Magie – einzutauchen.

Alexander Gappmaier wurde am 26. September 1968 in Salzburg geboren. Er ist ein österreichischer (Gerichts-) Psychologe und arbeitet in Salzburg bzw. auf Auftrag in den diversen Bundesländern. Er war zudem der erste Magier der Welt, der im Mozarteum frei, ohne Bühnenhintergrund, vor einem Live-Publikum eine Dame schweben ließ.

DANKSAGUNG

Kein Roman ist komplett ohne ein Wort der Dankbarkeit. Wir möchten uns von Herzen bei unserer Lektorin Katrin Trometer und unserem Verleger Dirk Rumberg bedanken, die den »wilden Ritt« des Zeitplans mit uns eingegangen sind und zusammen mit Regina Meier, Susanne Neumayer und dem Team des Servus Verlags das Unmögliche möglich gemacht haben.

Apropos unmöglich: Unmöglich wäre dieses Buch auch ohne die Unterstützung von Meibergers Filmheimat ServusTV gewesen. Unser herzlicher Dank gilt Red-Bull-Chef Dietrich Mateschitz und seinem Team bei Servus. Mit ServusTV-Intendant Ferdinand Wegscheider, Programmleiter Frank Holderied und dem verantwortlichen Redakteur und »Vater« Meibergers, Robert Feitzinger, hatten wir stets verlässliche Partner, bei denen wir uns an dieser Stelle herzlich bedanken möchten.

Als ServusTV uns die Idee 2017 unterbreitete und fragte, ob wir Interesse hätten, zusammen mit Monafilm eine Welt für diese besondere Figur zu erschaffen, wussten wir noch nicht, dass daraus schon ein Jahr später die erste Krimiserie des österreichischen Privatfernsehens werden würde. Während dieser Roman im Entstehen ist, wird bereits die zweite Staffel in den Schnitträumen der Monafilm fertiggestellt – und so ermittelt »Meiberger« nun tatsächlich medienübergreifend.

Last, but not least möchten wir uns bei Alexander Gappmaier bedanken, der uns in diesem Buch nicht nur mit Rechercheberatung und einem Nachwort unterstützt hat, sondern uns von Anfang an bei Meibergers Abenteuern fachliche und nicht selten auch moralische Stütze war.

Wir sind gespannt, was die Zukunft für diese einzigartige Ermittlerfigur noch bereithält, und sind dankbar, dass wir seine Anfänge mitgestalten durften.

Maja und Wolfgang Brandstetter,
Wien am 19.9.19